JOVENS ESCRITORES

Breno Fernandes Pereira

Mil
a primeira
missão

Ilustrações

orlandon

FTD

Copyright © Breno Fernandes Pereira, 2006
Todos os direitos reservados à
EDITORA FTD S.A.
Matriz: Rua Rui Barbosa, 156 (Bela Vista) São Paulo – SP
CEP 01326-010 – Tel. (0xx11) 3598-6000
Caixa Postal 65149 – CEP da Caixa Postal 01390-970
Internet: www.ftd.com.br – E-mail: projetos@ftd.com.br

Editora	Ceciliany Alves
Editor assistente	Luís Camargo
Preparadores e revisores de texto	Adolfo José Facchini
	Elvira Rocha
	Maria Clara Barcellos Fontanella
Editora de arte e capa	Andréia Lopes Crema
Ilustrador	Orlando
Diagramadora	Sheila Moraes Ribeiro
Assistente editorial	Vânia Aparecida dos Santos
Digitadora	Maria Lamano
Editoração eletrônica	
Coordenação:	Carlos Rizzi
	Reginaldo Soares Damasceno

**Dados Internacionais de Catalogação na Publicação (CIP)
(Câmara Brasileira do Livro, SP, Brasil)**

Pereira, Breno Fernandes
   Mil : a primeira missão / Breno Fernandes Pereira; ilustrações Orlando. – São Paulo : FTD, 2006. — (Coleção jovens escritores)

   1. Literatura infantojuvenil I. Orlando. II. Título. III. Série.

06-0541   CDD-028.5

Índices para catálogo sistemático:
   1. Literatura infantil   028.5
   2. Literatura infantojuvenil   028.5

A - 870.871/24

Com quantas mãos se escreve uma história?

Hoje em dia, com pelo menos duas, já que muitas delas são digitadas em um teclado de computador. Uma história nunca é só imaginação, nunca é só realidade. É sempre uma mistura das experiências de vida e do que o autor leu, ouviu, assistiu.

Depois da empolgante aventura de *O mistério da Casa da Colina*, o jovem Breno Fernandes Pereira apresenta *Mil – a primeira missão*. Durante o processo de edição, conversamos por *e-mail* sobre vários assuntos. Como você vai perceber, em alguns momentos aparecem frases em latim. Ficamos curiosos para saber de onde elas surgiram. Breno respondeu:

> Quanto ao latim, hum... um mágico nunca deve contar seus segredos... o AMICITIA OMNIA VINCIT veio do URBANA LEGIO OMNIA VINCIT, frase sempre presente nos CDs do Legião Urbana. O resto eu fui criando, a partir de uma gramática que tenho, com famosas citações em latim, e tive a sorte de, numa visita à casa da minha tia, ter aparecido um padre amigo dela que estudou latim. :) Ele fez a correção.

No processo de criação de uma história, muitas mãos vão se somando. E no processo de leitura se somam outras mãos. Cada leitor leva algo de si para o texto que lê, de maneira que, um mesmo livro, nas mãos de diferentes leitores, é sempre um livro diferente.

Esperamos que você se emocione e se divirta com a primeira missão de Mil!

Os editores

Para
Herbert de A. Castro Filho, Danilo F. Brasileiro,
Jairo P. Araújo, Gláuber F. T. de Castro
e Francisco "Kiko" de A. S. Silva,
por todos os clubinhos que montamos juntos.

In memoriam de Leonídia Rodrigues (vó Ló).

CAPÍTULO 1	– Uma missão para Mil 6
CAPÍTULO 2	– Cacá................................16
CAPÍTULO 3	– Fazendo amizade 25
CAPÍTULO 4	– O Clube dos Covinhas 32
CAPÍTULO 5	– Sim ou não?......................42
CAPÍTULO 6	– Uma missão para Cacá 49
CAPÍTULO 7	– Na mina............................54
CAPÍTULO 8	– O achado..........................64
CAPÍTULO 9	– E ao chegar em casa... 69
CAPÍTULO 10	– A festa de aniversário........75

CAPÍTULO 1

Uma missão para Mil

Aquela era uma manhã tipicamente agitada na AMAI – Associação Mundial dos Amigos Invisíveis. Havia crianças correndo por todos os lados, carregando pilhas de papéis ou discutindo entre si algo aparentemente importante.

– Bom dia, Novecentos-e-Quarenta-e-Nove! – cumprimentou um garoto alto, meio curvado, que chegava ao patamar superior da escadaria. Ele tinha cabelos curtos e olhos castanhos; usava um macacão *jeans* com o número 1000, amarelo, bordado no peito.

– Oh, Mil! Bom dia, bom dia! – retribuiu o simpático porteiro, um garoto rechonchudo e de bochechas rosadas, que, além do macacão *jeans* com o número 949 bordado no peito, usava um quepe. – E então? Como está? Saltitante, não? Parabéns!

– O... Obrigado. Mas pelo quê?

– Ops! Você ainda... Bom, deixa pra lá. Ah! Quase ia esquecendo: a Trinta-e-Sete pediu para você procurá-la assim que chegasse.

– O.K. Muito obrigado. Até mais, Novecentos-e-Quarenta-e-Nove.

Então ele se dirigiu ao balcão de recepção. Cumprimentava todos que encontrava no caminho – os quais, por sinal, se vestiam da mesma maneira: macacão *jeans* azul com um número bordado no peito; às vezes, algum enfeite – e era retribuído com instigantes "parabéns".

No balcão, no centro da sala, havia quinze garotas. Ele as cumprimentou e depois se voltou para a mulata de cabelos rastafári, o número 37, rosa, bordado no uniforme.

– Olá, Trinta-e-Sete. Você queria me ver? Algum recado?
– Sim, Mil – respondeu ela, parando de digitar e olhando para ele, sorridente. – O Um quer falar-lhe.

– Meu caro Mil, tenho uma grande notícia para você. Ontem, na reunião do Conselho, deliberamos a sua transferência da SEMOI para a Lista. Que conquista, hein? E, para inaugurar a sua carreira, tenho uma missão para você – dizia um garoto loiro, magricela e com o rosto repleto de espinhas. No seu uniforme havia o número 1 e ele usava uma espalhafatosa gravata estampada com ursinhos.

Eles estavam numa das enormes salas presidenciais, no sexto andar, sentados, tomando achocolatado. Enquanto ouvia, Mil olhava fixamente para a parede à sua frente, onde estava o brasão da instituição, um escudo com o nome AMAI, erguido por duas mãos, com uma frase embaixo: *Amicitia Omnia Vincit* – A Amizade Vence Tudo.

A AMAI era dividida em cinco seções, uma por andar: o térreo era área comum. No segundo andar ficava a SEMOI – Seção de Manutenção & Organização Interna –, responsável pela infra-estrutura da instituição. No terceiro, a SEMOE – Seção de Manutenção & Organização Externa –, que tinha a função de ligar a AMAI a todo o mundo. No quarto andar havia a SEDI – Seção de Dados & Informações –, onde o pessoal monitorava, com tecnologia de ponta, todas as crianças e jovens do mundo. No quinto, a STC – Seção de Treinamento de Calouros –, responsável por selecionar e instruir os novos amigos invisíveis. Por último, no sexto andar, a Lista: um grupo estritamente selecionado, designado para ajudar crianças e jovens em todo o mundo.

Cada uma dessas seções era dirigida pelos membros do Conselho: o Um, a Dois, a Três, o Quatro e a Cinco. O Conselho era a autoridade máxima da AMAI.

– Nossa, Um! Eu... eu, realmente, não sei o que dizer. Entrar pra Lista era o meu sonho; eu não esperava por isso logo agora que...

– Você ia tirar férias. Eu sei disso, Mil. Mas todos os outros estão ocupados: o Cem, o Dezesseis, a Setecentos-e-Oitenta, o Três-Mil...

– O Três-Mil ainda está no caso do garotinho iraquiano que queimou o corpo?

– Hum, hum – afirmou Um com a cabeça. – Você entende, não é? Posso contar com você?

– É claro! – exclamou o outro, abrindo os braços. – *Adjutare semper.*

Um sorriu.

– Esta é a ficha dele.

Mil terminou o achocolatado num só gole e se levantou.

– Já que estou dispensado, vou para casa, analisar a missão com calma. Até.

— Mil! Mil! – gritava uma voz feminina quando o garoto descia os degraus da escadaria da AMAI.

— Seis! – exclamou ele, num sorriso que ia de orelha a orelha, ao ver quem corria para abraçá-lo. Era uma linda menina, de pele clara, olhos grandes e longos e lisos cabelos pretos, com mechas vermelhas. Ela usava aparelho ortodôntico e, no uniforme, tinha o número seis bordado no peito.

— Quase caí de costas quando a Trinta-e-Sete me contou a novidade! Parabéns, parabéns, parabéns! – falava ela, ofegante e excitada, apertando levemente as pontas das orelhas dele e enchendo sua testa de beijinhos (na AMAI, todos se cumprimentavam ou se despediam daquela forma, com beijinhos opcionais para os casaizinhos).

— Obrigado! Mas e você? Quando chegou? Como foi o caso das gêmeas italianas xifópagas?

— Melhor não poderia. Consegui que elas fizessem as pazes e aprendessem a dividir o tempo. No começo foi complicado; enquanto uma queria passear, a outra preferia ficar em casa. Quando uma queria ler, a outra queria ver TV. E nenhuma cedia, sabe? Não era: "olha, a gente vê TV por uma hora, depois lê por uma hora". Foi isto que eu tentei ensinar.

Xifópagos, ou siameses, são irmãos que nascem colados um no outro. Às vezes, como no caso das amiguinhas da Seis, não se pode fazer uma cirurgia para separá-los, pois eles compartilham de um mesmo órgão – um único fígado para os dois, por exemplo.

— Cheguei há pouco – continuou a garota –, mas vou ficar de olho nelas por um tempo, de sobreaviso. Veja só.

Ela retirou do bolso traseiro um pequeno objeto rosa, que lembrava um espelho de mão, e o abriu ao meio, como um livro. Do lado esquerdo havia vários botõezinhos, iguais aos de um teclado de computador; do lado direito, uma pequena tela. Seis digitou um código e na tela surgiram duas garotas idênticas, aparentando uns dez anos, de cabelos ruivos, que vestiam suéteres lilases. Dançavam abraçadas animadamente.

Após alguns minutos observando-as, Seis desligou o aparelho e o guardou.

– E você, já arrumou sua bagagem? – perguntou ela. – A minha, eu faço num instante.

– Bem, Seis – eles agora davam a volta pela sede da AMAI e se dirigiam para uma alameda. Ela servia de entrada para a floresta, que era também a "cidade" de lá –, acho que nossas férias terão de ser adiadas – disse ele, cabisbaixo. – O Um resolveu me dar uma missão.

Ficaram em silêncio até chegar ao fim da Rua dos Cedros. Virando-se à direita, havia a Rua das Araucárias, onde Seis morava. Seguindo reto, chegava-se à Rua dos Ipês, onde Mil morava.

– Eu entendo – desabafou ela. – *Adjutare semper*.

– Ajude sempre – traduziu ele. – Um dos nossos mandamentos.

– A gente ainda se vê?

– Claro! Até mais tarde.

Despediram-se na sua maneira peculiar, e cada um tomou seu rumo.

A Rua dos Ipês tinha cerca de cem árvores espalhadas pelos dois lados dela. Mil morava no ipê nº 10. Na verdade eles não moravam dentro das árvores, e sim em cabanas em cima delas. Eram casinhas de madeira, de cômodo único, mas grande. Os banheiros ficavam em casinhas menores, no chão, camufladas por grandes moitas.

A casa de Mil estava bastante bagunçada. Havia várias revistas e brinquedos espalhados pelo chão; livros em algumas prateleiras e um computador na escrivaninha do canto. Mil se jogou na cama, pegou a pasta e ficou olhando a etiqueta da capa.

> Nome: Caio Cardoso (Cacá)
> Idade: 11, às vésperas de fazer 12 anos
> Cidade: Lua Nova, Bahia, Brasil

Abriu a pasta e começou a ler.

♥ AMAI

Cacá nasceu e morou a maior parte da sua vida em Salvador, na Bahia. Bastante comunicativo, fosse na escola, fosse no *playground* do seu prédio, lá estava ele, cercado de amigos. E também muito inteligente. É apaixonado por leitura e por história, principalmente do Brasil.

Há dois anos, Cacá, que é filho único, pediu aos pais para conhecer as cidades históricas de Minas Gerais. O senhor Almir e a senhora Regina adoraram a ideia e, assim, partiram para o que teria sido uma viagem maravilhosa, não fosse um acidente que a transformou em tragédia: na estrada, um carro, cujo motorista dormira ao volante, chocou-se contra o veículo da família, jogando-o para fora da pista, em direção a um barranco.

As sequelas foram muito grandes para o garoto: quebrou as duas pernas, cortou profundamente o rosto e perdeu a mãe.

Após vários meses de tratamento, nos quais se submeteu a duas cirurgias e a inúmeras sessões de fisioterapia, Cacá se recuperou fisicamente. Mas, por dentro, não era mais o mesmo. Quase não falava; quase não sorria. O senhor Almir decidiu, então, dar novos ares à vida do filho. Mudaram-se para a pequena e tranquila Lua Nova, no interior do estado, para morar com a avó paterna do garoto, sua tia e seu primo.

A mudança, contudo, não surtiu o efeito esperado. Há quase um ano na cidade, Cacá mal sai de casa e ainda não fez nenhum amigo. Ele precisa encontrar alegria e autoestima dentro de si. E, para ajudá-lo, ninguém melhor que um amigo invisível.

Mil continuou a analisar a pasta de Cacá, lendo sobre suas travessuras, o que gostava de fazer, de comer, e vendo algumas fotos. Cacá era um garoto moreno, com cabelos e olhos pretos, que usava óculos.

O sol já se punha quando Mil acordou do seu cochilo. Ele havia pego no sono quando terminava de rever tudo pela sétima vez. Jogando a pasta de lado e sentando-se na cama, retirou do bolso do peito um pequeno objeto prateado com detalhes azuis, em forma de *joystick*, com vários botões. Ele apertou um e uma telinha emergiu da abertura na parte superior-central. Em seguida, digitou 11554.

Alguns segundos depois, um garoto sardento, de óculos, apareceu na tela.

– Olá, Mil! O que manda?

– Olá, Onze-Mil-Quinhentos-e-Cinquenta-e-Quatro. Estou partindo para a minha primeira missão e preciso que meu amigoscópio tenha acesso às câmeras e aos dados de um garoto brasileiro chamado Caio Cardoso, o Cacá.

– Com prazer! – exclamou o garoto de óculos. – Espera só um segundinho... mais unzinho... – na tela do amigoscópio apareceu uma barra azul, a qual ficava vermelha à medida que a transferência ia sendo feita: 35%... 60%... 85%... 100%. Quando terminou, Onze-Mil-Quinhentos-e-Cinquenta-e-Quatro reapareceu. – Prontinho! Tudo transferido. Boa sorte, Mil! – e sumiu da tela.

O garoto ficou, por algum tempo, fitando o aparelho desligado. Só agora ele parara para pensar na tamanha responsabilidade que era entrar para a Lista, com a missão de ajudar crianças e adolescentes no mundo inteiro. E se lembrou das vezes em que ficava observando Seis se preparar para suas missões. Ela também era da Lista, desde que ele chegara à AMAI. E parecia que fora há séculos, nem parecia...

– Mil! Mil! – gritava alguém lá fora.

– Ah! Oi, Novecentos-Mil-Novecentos-e-Noventa-e-Nove – disse ele para um garoto negro e baixinho. – Onde se meteu o dia inteiro?

– Eu que pergunto. Só porque entrou pra Lista, esqueceu os amigos da SEMOI, foi?

– Claro que não!

– É brincadeira, bobo. Saí da AMAI agora há pouco. A festa já vai começar. Vamos!

Todo dia, ou melhor, toda noite era noite de festa na AMAI, no pátio verde, em frente à sede, um monumental palácio branco de seis andares, com uma enorme escadaria, suntuosas pilastras e gigantescos portões e janelas de vidro.

No jardim havia uma mesa imensa, com inúmeras variedades de frutas, saladas, sanduíches naturais e sucos (todos ali eram vegetarianos). Havia também um palco, onde bandas e grupos de teatro, de dança etc. faziam suas apresentações. Agora quem cantava era o Vinte-e-Quatro e seu grupo, os Logaritmos Vulgares.

Quem não estava a fim de dançar podia muito bem se divertir com alguma das muitas brincadeiras: jogo do rabo do burro, campeonato de ioiô, de pião, bandeirinha, pega-pega, esconde-esconde, cabra-cega... Enfim, tudo que fosse possível imaginar.

Mas Mil e Seis não estavam jogando nem dançando. Sentados num dos degraus da escadaria da AMAI, observavam todos e conversavam.

– Você não ficou chateada, mesmo, por termos adiado as nossas férias? – perguntou ele.

– Claro que não, Mil. E nem poderia. Primeiro porque, nas outras três vezes, quem adiou fui eu. Depois, esta missão é muito importante para você.

– Sim – ele esfregou as mãos e remexeu o corpo. – Tou tão nervoso...

– Nervoso por quê? – sorriu-lhe Seis. – Você vai se sair superbem.

– Mas tem toda aquela coisa de ser a primeira missão e... Ei, conta de novo como foi a sua primeira vez.

– Ah, Mil! Eu já contei zilhões de vezes.

– Por favor, por favor, por favor!

– Mas não tem nada de mais – contestou ela, meio constrangida. – Simplesmente eu fui designada para cuidar de uma garotinha que se mudara para uma fazenda e deixara longe todos os seus amigos. Lá, um touro (você sabe que os animais podem nos ver) correu atrás de mim. Só isso. Para de rir, Mil! Não foi engraçado, foi horrível; principalmente quando eu tive de pular a cerca e acabei caindo no chiqueiro, em cima da lavagem dos porcos, que ficaram furiosos e também começaram a me perseguir. Eca! Para, Mil – ordenava ela, não resistindo e rindo também.

Quando a crise de gargalhadas passou, ela disse:

– Agora fale um pouco da sua missão.

– Bem, eu fui designado para ajudar um menino que está traumatizado desde que sofreu um acidente de carro e...

– Olá! – apesar de estar a metros de distância, a voz de Um soou alta, graças ao pequeno mas potente microfone que trazia preso à orelha. – Venham até aqui, vocês dois.

Eles desceram e acompanharam o garoto até o palco. Um tomou a palavra:

– Amigos e amigas, como todos vocês souberam hoje, o nosso querido Mil, depois de muito esforço, conseguiu chegar à Lista – a plateia aplaudiu. – E como ele está de partida amanhã, quero dedicar esta noite a ele. Três hurras para o Mil!

– Hip, hip, hurra! Hip, hip, hurra! Hip, hip, hurra!

Uma faixa imensa foi aberta; nela estava escrito "BOA SORTE, MIL!". Depois, fogos de artifício foram lançados, num espetáculo de cores que deixou todos ainda mais felizes.

Realmente era impossível ficar triste na AMAI.

Quando o sol nasceu, todos já estavam no pátio da AMAI de novo. Mas desta vez para se despedirem dos que partiriam em missão – era assim todos os dias. Só naquela manhã, mil quatrocentos e dois. Mil estava na primeira fila, com a Duzentos, a Oito-Mil e o Trinta-e-Três.

– Lembrem-se sempre dos nossos três mandamentos – dizia Um. – *Essere bonus!*

– Seja bom! – traduziam todos.

– *Adjutare semper!*

– Ajude sempre!

– *Alteri te nunquam revelare!*

– Não se revele a outrem!

– Boa sorte para todos vocês! – desejou Um.

– *Amicitia omnia vincit!* – gritaram os demais.

Então, de quatro em quatro, eles entraram nos balões azuis, da cor do céu, que os levariam até seu destino. Os balões foram subindo e, em minutos, tornaram-se pontinhos quase invisíveis.

CAPÍTULO 2

Cacá

Cacá acordou com a certeza de que algo extremamente ruim estava lhe acontecendo. E não era culpa de um pesadelo – tivera um, contudo não se lembrava dele. Estava encharcado de suor e olhava, os olhos esbugalhados, fixamente para o teto. Respirar ficava cada vez mais difícil; o coração parecia a fim de abrir um buraco no seu peito e fugir. Um carro que passava pela rua buzinou, e ele, num pulo malsucedido ou numa virada atrapalhada, caiu da cama.

Ficou alguns minutos ali no chão, parado, de bruços. Seus joelhos doíam por causa da queda. Quanto tempo passou? Um minuto, dez minutos, uma hora? Ele não saberia dizer. Foi-se acalmando aos poucos e resolveu se levantar no exato momento em que Nini entrava no quarto.

– Já de pé, meu menino? Pensei que você fosse dormir até mais tarde hoje, que não tem aula – disse a mulher baixinha e de nariz arrebitado.

– Eh... O sono foi embora, Nini.

– Vou pôr o café na mesa pra você. Seu pai e sua tia já saíram pra trabalhar. Sua vó foi visitar dona Canô. Seu primo ainda tá dormindo. Não demore.

– Posso comer no quarto?

– Ah, Cacá, hoje não! Nesta semana você fez quase todas as refeições aqui. Hoje, por mim, você vai fazer o "esforço" – e Nini pronunciou esta última palavra com certa ironia – de comer na sala. Certo?

– Tá bom... – assentiu ele, dando-se por vencido.

A cozinheira saiu, contente. Cacá se sentou na cama e encarou o espelho. Viu o borrão de um menino que vestia pijama de listras azuis e brancas e cujos pés balançavam no ar, sem tocar o tapete. Ele apanhou os óculos na mesa de cabeceira e voltou a fitar sua imagem. Cicatriz! Que droga! Todos os dias, Cacá acordava esperançoso de se olhar no espelho e não ver mais aquele risco áspero que começava no canto direito da boca e subia inclinadamente até metade da bochecha. Achava-se um monstro com aquilo. Mas, ao mesmo tempo em que não suportava a cicatriz, não conseguia parar de olhá-la, tocá-la, sempre se perguntando por que o tempo não voltava, para ele impedir o acidente, a morte da mãe...

– Cacá! – gritou Nini de algum lugar da casa.

Mal saiu do quarto, ouviu a voz de Beto, no cômodo ao lado; parecia irritado:

– *Goddamned*[1]! Todo sábado é a mesma coisa! É um gritando, outro ligando o rádio alto, outro... Ninguém me deixa dormir em paz!

Uma porta se abriu e um garoto de nariz fino, brinco na orelha esquerda e com um topete desproporcional ao resto do cabelo curto apareceu.

– *Get out of my way!*[2] – disse Beto, dando um empurrão no primo.

– Bom dia pra você também – retrucou Cacá.

Sentaram-se à mesa, um em frente ao outro, e começaram a se servir em silêncio.

Após o segundo misto-frio, o humor de Beto mudou sensivelmente. Aí ele começou a reparar no primo. Enquanto mastigava vagarosamente, olhava-o de modo fixo. Cacá, por sua vez, sentia-se incomodado. Depois do acidente, não gostava mais de ser o centro das atenções; aliás, preferiria ser invisível, se pudesse.

---
[1] Maldição!
[2] Sai da minha frente!

– Hum... Você quer me dizer alguma coisa? – perguntou Cacá timidamente.

Beto se limitou a balançar a cabeça de um lado para o outro.

Cacá levou a mão à cicatriz e, para o primo não perceber que a estava escondendo, apoiou o cotovelo na mesa – coisa que tia Berta reprovaria.

Beto continuou com cara de sério, mas se divertia por dentro. Para perturbar alguém, nada como fazer o que ele menos gosta que façam. Principalmente em se tratando do priminho genial, o novo xodó da avó, o pobrezinho do traumatizado, o menino de ouro... Enquanto ele era "o que não quer nada com a vida"...

– E aí, Betão! – um garoto forte, de ombros largos, entrou na sala.

– Bila! Não morre mais, *man*[3]. Tava pensando agora mesmo em você. Ia ligar pra você, pra gente ir pro *club*[4].

Bila se sentou ao lado do amigo e apanhou um cacho de uvas.

– Fechou, cara! Bó!

– Tou a fim de curtir o dia – disse Beto, olhando de esguelha para o primo. – Nadar, jogar bola, paquerar...

– Então vai terminando de comer, que eu vou ligar pro resto da galera e marcar de a gente se encontrar na pracinha. Vou usar seu telefone, beleza?

– *Yeah!*[5] Já terminei o café. Vou só trocar de roupa. *Just a minute!*[6] – e saiu correndo para o quarto.

Bila foi até a mesinha onde estava o telefone, apanhou o aparelho e deixou-se cair no sofá. Olhou por um instante para Cacá e baixou a vista, indiferente. Não que, para ele, o primo do amigo fosse invisível; na verdade, era insignificante. Bila era o melhor amigo de Beto e admirava-o muito – não à toa usava topete e brinquinho iguais. Assim, se Beto não gostava de algo ou alguém, ele também desgostava.

---

[3] Cara.
[4] Clube.
[5] Sim!
[6] Só um minuto!

Cacá sentiu o quão sem importância ele era para os dois. Ainda com a mão sobre a cicatriz, se retirou para o seu quarto. No corredor, tornou a cruzar com Beto (mas desta vez se espremeu contra a parede antes de ser empurrado), que passou correndo.

Enquanto trocava de roupa, o menino do espelho fazia o mesmo, porém sem tirar os olhos da sua cicatriz.

– Droga de cicatriz! Por que você não some, hein?

Havia até uma maneira de fazê-la sumir, porém daquele jeito ele não queria. Seu pai propôs irem até Salvador, onde ele faria uma cirurgia plástica. Todavia, Cacá evitava a todo custo enfrentar estradas e hospitais.

Dentes escovados, ele abriu a janela (não gostava, mas já se acostumara a abri-la depois dos sermões de tia Berta sobre economia de energia) e foi até sua estante de livros.

Cacá adorava ler. Na noite anterior, terminara mais um livro de mistério do Marcos Rey. Na véspera, não pôde deixar de pensar em quão enganado Beto estava. É que o primo, há um tempo, fora fazer intercâmbio nos Estados Unidos; desde então, adorava tudo – e somente – o que vinha de lá: filmes, jogos, músicas... Dizia que eram superiores às coisas do Brasil.

Cacá achava ridícula a mania do primo de misturar as duas línguas. Sabia que Beto era apaixonado pelo inglês – única matéria que ele, com 14 anos e ainda no sétimo ano, gostava de estudar –, mas para que misturar? Ou uma, ou outra.

A hora da leitura era um dos poucos momentos em que o garoto se sentia feliz. Lendo, ele esquecia dos seus problemas, pois sempre se transformava nos personagens do livro.

Qual ler agora?

– Oi, Cacá!

– Hã? – o garoto se virou. – O... O... Oi, P... Paulinha – cumprimentou timidamente uma menina que estava parada defronte à janela.

Paulinha era alta, tinha olhos castanhos, um pouco puxados, e longos cabelos pretos. Cacá a achava muito bonita e bacana, mas ao mesmo tempo se sentia incomodado com sua presença (sempre escondia a cicatriz, ou permitia que ela vislumbrasse apenas seu perfil esquerdo). Todos os garotos eram apaixonados por ela, isso incluía Beto e... Vá lá, ele também. Mas só um pouquinho.

– Tudo bem?

– Tu... Tudo. E com você?

– Tudo. Eu estou indo pro clube com a turma. Não tá a fim de ir conosco?

– De... Desculpe, Paulinha, e... eu estou... ocupado.

– Numa manhã de sábado linda como esta?! Olha que é até pecado!

– Eh...

– Bem, então eu não vou incomodar mais. Até depois. Beijinho – e jogou um beijo para ele.

– Beijinho – respondeu o garoto, baixinho, quando ela já estava longe o bastante para não ouvir.

– Cacá, meu querido, o almoço está pronto – disse vó Lolinha, entrando no quarto.

– Oi, vó!

– Vamos lá?

– O que tem pra comer?

– Macarronada.

– Delícia! Vamos, vó!

– Oi, filhão! – o senhor Almir, um homem alto e de rosto fino, já estava à mesa. – Que alegria é essa? Viu um passarinho verde?

Cacá se lembrou de Paulinha.

– Mais ou menos. Vamos ao cinema hoje à noite? Está passando o novo filme do Homem-Aranha.

– Ô, sinto muito, filhão. Sabe aquela viagem que o pai ia ter de fazer na segunda-feira? Pois é, terei de partir hoje mesmo, depois do almoço.

– E quando você volta, Almir? – perguntou tia Berta, sua irmã; também era alta e de rosto fino e pintava os cabelos de vermelho.

– Talvez só no fim de semana que vem.

– Ah, pai!

– Eu sei, Cacá. Mas, olha, eu prometo fazer o possível e o impossível para chegar a tempo para o seu aniversário.

– Olha o almoço – anunciou vó Lolinha, acompanhada de Nini, trazendo os pratos, copos e talheres.

Vó Lolinha era uma simpática senhora de uns 70 anos de idade. Seus cabelos brancos batiam nos ombros, seus olhos eram de uma cor indistinguível, meio azul, meio cinza, meio castanha. Todos em Lua Nova a conheciam e a adoravam.

Nini era uma cozinheira de mão-cheia. Morava com vó Lolinha desde criança e era como sua filha.

– Bem, Almir, eu não quero me intrometer na vida de vocês – voltou tia Berta com o assunto do aniversário –, mas, caso você esteja pensando em fazer alguma festa, eu acho imprudente. Afinal, você anda passando por um sufoco financeiro, sem contar que está tudo pela hora da morte.

– De onde você tirou isto de eu estar passando por um sufoco financeiro, Berta? Só porque não tenho o suficiente para lhe emprestar para a reforma da sua loja?

– Ai, meu Deus! Vão começar esse assunto de novo? – suspirou vó Lolinha.

– Não, não vamos, minha mãe. Eu só acho que não vale a pena fazer uma festa pra um menino que...

– Pois eu acho que é o Cacá quem deve decidir – opinou Nini, passando a mão na cabeça do garoto.

– Concordo – apoiou vó Lolinha. – E então, meu netinho?

Cacá refletiu por um momento.

– Acho que... Acho que tia Berta está certa.

– Você é quem sabe, filhão – disse o senhor Almir, lançando um olhar de cumplicidade para a sua mãe.

Cacá não teve a tarde livre. Era sábado, dia da consulta semanal com o seu psicanalista, doutor Godofredo.

Careca e barbudo, aparentando uns 50 anos, ele era a única pessoa que Cacá conhecia que usava suspensórios, prendendo as calças curtas, que deixavam à mostra as suas finas canelas quando se sentava.

– Puxa, que cara! O que houve? Acordou com o pé esquerdo?

– Nada.

– Quer me contar o que aconteceu?

– Nada.

– Mas ninguém fica triste por nada!

– Não quero dizer que não aconteceu nada. Quero dizer que não quero falar sobre nada do que aconteceu.

– Espere um pouco. Eu ainda estou no primeiro "aconteceu" – gozou o doutor Godofredo, finalmente fazendo o garoto sorrir. – Se não quer falar, tudo bem. Quando quiser, estarei às ordens.

Como psicanalista, o doutor sabia que não se deve forçar um paciente. É preciso deixá-lo relaxado, até que ele se sinta à vontade para falar. Às vezes, só o fato de não insistir já produzia efeito, como agora.

– Bem, é sobre meu aniversário. Eu não quero fazer festa.
– Por quê?
– Porque... Porque não! Q...

Cacá hesitou. Ele quase deixou escapar a pergunta fundamental: quem iria convidar? Mas ainda lhe faltava coragem para contar ao doutor que não tinha amigos, mesmo sentindo grande confiança nele e sabendo que podia falar de tudo sinceramente, sem receber sermões ou ouvir que isto ou aquilo era tolice da sua parte.

O doutor percebeu o vacilo, porém não fez pergunta alguma. Deixou-o continuar.

– É... É que a tia Berta contou que o meu pai tá com problemas financeiros. Ele diz que não, mas talvez só o diga pra eu não ficar triste. Porque eu tenho culpa por isso; afinal, todo o trabalho dele tá em Salvador, e ele tem de viajar pra lá frequentemente. Então... Acho que se a gente morasse lá ainda, meu pai iria ter mais clientes, além de não precisar se arriscar tanto na estrada – tentando esconder um porquê, Cacá acabou descobrindo outra questão que o incomodava. – E eu já ouvi ele contando a uns amigos que a gente só se mudou pra cá, pra Lua Nova, por minha causa.

Silêncio.

– Quer saber o que eu acho? – perguntou o doutor. Cacá balançou a cabeça afirmativamente. – Eu penso que seu pai o ama, e que tudo o que ele faz é por vontade própria; porque ele quer seu bem; quer lhe dar tudo do bom e do melhor. Isso o deixa feliz.

– Mas mesmo assim, doutor Godô, você não acha que... que... que, se eu fosse normal e a gente ainda morasse lá, ele poderia trabalhar menos e descansar mais?

– E você é anormal? – questionou o doutor com calma.

– Tia Berta diz que sim... – respondeu ele cabisbaixo. – Diz que quem faz análise é doido.

– E se eu, como analista, lhe disser que ela está redondamente enganada? Você vai acreditar em mim ou nela?

– N... No senhor.

– Pois bem. A análise é um exercício de descobrimento de si mesmo, entende o que quero dizer?

– Sim – disse Cacá. – Legal, isso.

– Não é? Eu percebo que sua tia Berta gosta muito de falar do que não tem conhecimento. Fala da psicanálise sem a ter estudado e fala dos problemas do seu pai mesmo ele afirmando que não passa por problemas. Não foi isso que ele disse? Que não está com dificuldades financeiras?

– Foi.

– E aí? Você vai deixar de acreditar no seu pai?

– Não! – Cacá fez uma pausa, digerindo as palavras do doutor. – Claro que não!

– Outra coisa: a meu ver, aqui ou em Salvador, seu pai continuaria trabalhando muito. Sabe, Cacá, é por isso que é tão importante escolher uma profissão de que você goste bastante, porque então você nunca vai se cansar de trabalhar. Com o seu pai é assim. Ele adora ser arquiteto. Entendeu?

– Entendi.

– Falando nisso, o que *o senhor* quer ser quando crescer?

– Ah! Eu queria ser historiador! – os olhos do garoto brilhavam ao falar. – Estudar muito sobre a história da humanidade, ler muito, viajar pelo mundo inteiro, conhecendo tudo sobre cada país... E quando eu ficar bem velhinho, escrever um livro sobre tudo o que eu tivesse vivido e sobre todas as descobertas que eu tivesse feito.

– Uau! Fantástico! Só queria que você escrevesse este livro mais jovem, antes de eu morrer. Assim, terei o prazer de lê-lo.

– Quem sabe – o garoto sorriu, sonhador.

CAPÍTULO 3

Fazendo amizade

O senhor Almir acabara de partir. Cacá estava deitado na cama, pernas e braços abertos, olhando para o teto. O quarto estava escuro. Na sua mão, um único ingresso para a sessão de cinema de logo mais, que seu pai lhe comprara. No entanto, não tinha ânimo para sair de casa só. De fato, tinha até certo receio. Um medo de sei lá o quê, mas medo. Desde que se mudara, nunca saíra sozinho à noite – aliás, de dia, saía apenas para ir à escola ou para comprar alguma coisa; eventualmente, quando a vó, o pai ou a Nini reclamavam do seu enclausuramento, tinha de passar desagradável meia hora andando sem rumo, para fingir que fora a algum lugar.

Além disso, sua cabeça estava menos preocupada em como o Homem-Aranha iria salvar o mundo do que com a semana que iria enfrentar. Sem o pai por perto, a tia e o primo aproveitariam para azucrinar a sua vida. Ele não conseguia entender por que eles o perturbavam tanto.

Num lampejo, Cacá se lembrou de uma vez, recém-chegado a Lua Nova, em que ouviu uma conversa entre seu pai, sua tia e sua avó. Eles falavam sobre sua mãe e o pai de Beto. Depois de dois anos de casados, em que viveram em eterna lua de mel, ao saber da gravidez de tia Berta, seu marido foi embora de repente, sem dar explicações. Dias depois, ao se encontrar com o primo, sozinho, na sala de TV, Cacá puxou conversa sobre o pai de Beto, no intuito inconsciente tanto de consolar quanto de ser consolado.

O garoto largou o controle remoto em cima do sofá e, sem olhar para Cacá, disse-lhe: "nunca mais fale sobre isso" e saiu.

Cacá realmente não compreendia por que ele, que passara por um infortúnio parecido, não ia com a sua cara. Seu próprio primo! Se ele pelo menos tivesse mais alguém com quem contar...

– Olá! – uma cara apareceu cinco centímetros acima da sua. Cacá se ergueu assustado e, sem querer, bateu a testa contra o nariz do estranho. – AAAAI!

– Q... Quem é você? – perguntou o garoto.

– Eu sou Bill! – disse o outro, que estava sentado na cabeceira da cama, pressionando o nariz.

– De... Desculpe, mas eu não o conheço e não me lembro de ninguém chamado Bill.

– Eu disse que sou o Mil! – ele agora tirara a mão do nariz, que sangrava um pouco.

– Tampouco conheço um Omil.

– Não é Omil. É Mil. Mil – disse, apontando para o peito. – E é claro que você não me conhece, mas podemos nos conhecer e nos divertir um bocado.

– Não, não. Você não iria querer.

– Mas eu só vim porque quero!

– Jura? E de onde você veio? Nunca vi você por aqui.

– Vim de um lugar muito, muito longe daqui.

– Que raio de lugar é esse?

– É uma ilha chamada Ilha da Amizade, onde funciona uma organização chamada AMAI.

– AMAI?

– É. Associação Mundial dos Amigos Invisíveis.

– Quer dizer que você é meu amigo invisível? – questionou Cacá. – Eu pensava que isso era coisa da nossa imaginação.

– Agora sabe que não é.

– Mas como você é invisível, se eu posso vê-lo?

– Só você é que pode me ver!

– Legal! Bom, então, se você fica invisível, sabe fazer outros truques maneiros?

– Depende. Eu sei fazer algumas coisinhas, sim, como sumir e aparecer em outro lugar, e até me transformar em animais – relatou Mil. – Mas isso depende de você, do que você pensar.

De fato, o amigo invisível podia fazer tudo aquilo independentemente da vontade de Cacá, mas julgou que aquela mentirinha inofensiva lhe daria uma boa chance para interagir com o garoto.

– Hum... – resmungou Cacá, contraindo as sobrancelhas. – Não está surtindo efeito.

– Só funciona se você quiser que eu realmente seja seu amigo.

– Mas eu quero! – havia certa ansiedade na sua voz.

– Então tente. No que você quer que eu me transforme?

– Num... são-bernardo – Cacá franziu as sobrancelhas de novo, encarando o garoto à sua frente.

De repente, o corpo do amigo invisível começou a mudar: engordou, suas bochechas e pálpebras murcharam, ganhou pelos, um rabo... Mil se transformara num cachorro são-bernardo.

– Uau! – exclamou Cacá, contraindo o sobrolho mais uma vez, como se assim transmitisse a força do seu pensamento para o outro. – Que tal um gato?

O cão começou a mudar: foi encolhendo, as orelhas ficaram de pé, ganhou bigodes... Mil virou um gato siamês.

– Demais! Agora vamos tentar um...

– Epa, epa, epa! – protestou Mil, voltando à forma humana espontaneamente. – Eu virei o quê, por acaso?

– Desculpe, eu me empolguei.

– Tudo bem – sorriu o amigo invisível.

– Mas... Mil... Nome estranho.

– Não acho. Lá na AMAI, todos são tratados por números. Tem o meu diretor, o Um; o porteiro, Novecentos-e-Quarenta-e-Nove; a minha... amiga, Seis... – ele corou ao mencionar a garota, mas Cacá não notou.

– Já entendi, já entendi. Quantos vocês são? E o que fazem na AMAI?

– Somos zilhões. Muitos mesmo; eu nem sei quantos. E, lá, nós monitoramos todos os jovenzinhos do mundo, sempre alertas àqueles que estão precisando de ajuda, de um amigo. Eu mesmo trabalhava na Seção de Manutenção & Organização Interna, na parte de recursos humanos. Mas, ontem, eu fui transferido pra Lista, que é como chamamos a seção de amigos encarregados de ir até as crianças. Você é minha primeira missão – minha cobaia – ambos deram gostosas gargalhadas.

– Que legal! Gostaria de conhecer esse lugar.

– E eu gostaria de conhecer a sua cidade. Vamos sair?

Cacá olhou para o ingresso que mantivera seguro por todo o tempo. Ponderou bastante e se decidiu:

– Vamos!

– Vamos, dorminhoco, acorde. Já são dez horas – berrava Nini, abrindo as cortinas do quarto de Cacá. – Epa! Quem estava deitado aqui com você?

Cacá, sonolento até então, despertou rapidamente, encarando o sofá-cama. Foi onde, após terem voltado do cinema, Mil dormiu. Que bom! Sua chegada não fora um sonho. Mas onde estaria ele?

– Foi o... Beto – mentiu ele. – Nini, você poderia trazer o meu café da manhã aqui?

– Hum... Está bem, mas só hoje, viu? – ela estava contentíssima pelo fato de o menino ter saído "sozinho" na noite anterior.

– Obrigado, Nini. Você é dez! – agradeceu o garoto, dando-lhe um forte abraço.

Era uma bela manhã de domingo. Cacá devorava alegremente uma fatia de bolo de brigadeiro, enquanto relembrava todos os voos do Homem-Aranha pelos edifícios de Nova Iorque. Foi a primeira vez em muito tempo que o menino do espelho não recebeu atenção alguma.

– Bom dia!

– Mil! Até que enfim! Estava esperando para tomarmos café juntos, mas como você demorou...

– Obrigado. Eu já tinha comido alguma coisa na cozinha, hoje cedo, antes da Nini acordar. Bem, acho que vou dar mais uma beliscadinha; esse bolo de brigadeiro está melhor que o da AMAI, e olha que isso quer dizer alguma coisa – ambos riram.

– Pois é. A Nini é a melhor cozinheira do mundo! – Cacá o encarou, atraído por alguma coisa. – Ei, o que é isso no seu bolso?

– Ah! É meu amigoscópio – disse Mil, apresentando o aparelho em forma de *joystick*. – Com ele, eu posso me comunicar diretamente com a AMAI, além de outras coisinhas mais, relacionadas a quem eu esteja ajudando.

– Como o que, por exemplo?

– Como monitorar qualquer um. Assim... – Mil apertou um botão e a tela emergiu. Digitou algo e apareceu a imagem de Beto, deitado na cama, lendo um livro.

– O Beto está lendo?! Aí tem coisa!

– Só tem... – a imagem mudou de foco, e pôde-se ver o que havia dentro do livro...

– Uma revista de mulher pelada! – exclamou Cacá, em meio a risinhos. – Ai, ai!

– Mas e então? – disse Mil, guardando de imediato o aparelho. – Vamos fazer algo divertido? Está um dia lindo lá fora.

– Hum... Você gosta de jogos? Sabe jogar xadrez?

– Não, você me ensina?

– Ensino. Pega aquele tabuleiro ali, pra mim.

– Tive uma ideia: que tal irmos para a varanda? Assim não perdemos nem a manhã nem o jogo.

– Beleza!

Cacá e Mil apostaram corrida até a varanda. Tia Berta teve uma crise de gritos quando quase foi atropelada, mas vó Lolinha deu uma bronca nela. Era a primeira vez que via o netinho feliz daquele jeito, e proibiu todos de ralharem com ele naquele dia.

Assim o domingo se foi. Cacá e Mil jogaram por toda a manhã. À tarde, foram dar uma volta na pracinha em frente à casa, e locaram o filme *Mauá – o imperador e o rei*, de Sérgio Rezende, para assistirem à noite. Era a história do Barão de Mauá, um homem que viveu na época do reinado de D. Pedro II.

Irineu Evangelista de Sousa (esse era seu nome) nascera numa cidadezinha chamada Arroio Grande, no Rio Grande do Sul, e era muito pobre. Quando tinha 11 anos, foi morar e trabalhar com o tio, no Rio de Janeiro. Com muita dedicação e esforço, em alguns anos, tornou-se um dos homens mais ricos do mundo e investiu muito no crescimento do país, abrindo várias indústrias e lutando contra a escravidão. Isso o fez conquistar muitos inimigos, que conseguiram levá-lo à falência. Infelizmente, Mauá morreu pobre e esquecido.

Cacá não conhecia a história de Mauá, mas, ao fim do filme, chegou à conclusão de que ele devia ter sido mesmo um grande homem; um homem muito bom. Elegeu-o mais uma das suas personagens históricas favoritas.

Enquanto o sobrinho se distraia, feliz, tia Berta o observava atentamente. Não queria que ele ficasse bem. Nunca! Ela não saberia explicar o porquê desse sentimento, mas justificava para si mesma que era uma maneira de se vingar do fato de Almir, como filho mais novo, ter sido mais bajulado que ela, nunca ter apanhado e sempre ter ganho mais presentes. Por outro lado, havia Beto. Era importante, para ele, crescer com uma figura masculina presente – pelo menos era o que todas as revistas diziam. Isso tornava Almir necessário ali, e não poderia correr o risco de perdê-lo, caso Cacá estivesse animado o bastante para voltar a morar em Salvador.

Não demorou muito para tia Berta conseguir um trunfo. Percebera que o menino falou sozinho por todo o tempo, e não deixou de comentar o ocorrido com vó Lolinha, durante o jantar (Cacá almoçara e jantara no quarto também).

Na hora de dar boa noite ao neto, vó Lolinha resolveu tirar aquela história a limpo.

– Cacá, meu querido, quando eu estava na sala, hoje de manhã, ouvi você conversando com alguém. Quem era?

– Ah, vó, era um amigo novo.

– Um amigo novo? Que bom, que bom! É bom ter amigos... – enrolava a velhinha, pensando numa boa maneira para continuar.

– Na certa, ela vai perguntar por que você não me convidou pra entrar – disse Mil, sentado ao pé da cama do garoto. – Não se esqueça: ninguém deve saber sobre mim.

– Mas por que você não o convidou para almoçar? Eu gostaria tanto de conhecê-lo.

– Ele não podia, vó. Não tinha avisado a mãe e... como eles se mudaram recentemente pra cidade, ainda não têm telefone.

– Entendo, entendo – vó Lolinha queria dizer logo que ela, ou melhor, tia Berta, não vira ninguém; mas o seu neto estava feliz demais para ela chateá-lo com aquilo; além do quê, ele nunca mentia. – Boa noite, meu querido!

– Boa noite, vó!

– Boa noite, Cacá! – disse Mil, jogando-se no sofá-cama assim que ficaram a sós.

– Boa noite, Mil!

CAPÍTULO 4

O Clube dos Covinhas

Segunda-feira. Dia de ir para a escola.

Quando estava na cidade, o senhor Almir levava o filho e o sobrinho para o colégio; mas, como ele estava viajando, teoricamente tia Berta cumpriria esta tarefa. Todavia, quando Cacá, cansado de esperar, seguiu a pé, a fim de não se atrasar para a primeira aula, ela ainda não havia acordado.

Tivesse isso acontecido três dias antes, ele faria o percurso sofregamente; porém, na companhia de Mil, pareceu ter apenas atravessado a rua e já estava na escola.

Beto e sua turma estavam sentados ao redor da fonte do pátio da frente. De repente, uma das pessoas se levantou e correu em sua direção.

– Oi, Cacá!

– O... O... Oi, Paulinha! – a mão pairou sobre a cicatriz imediatamente.

– Preciso da sua ajuda!

– É?

– Sim!

– Você fez a lição de casa de matemática? Ninguém conseguiu fazer a questão doze nem a vinte.

– F... Fiz, sim.

– Ah! Eu tinha certeza disso. Você é um gênio!

Ele sorriu, encabulado.

– Você me explica as questões?

– A... Ag... Agora?

– Se não estiver ocupado, por mim tudo bem.

– O... Ocupado? N... Não, não. P... Pode ser.

– Então vem, vamos pra sala – e Paulinha tomou sua mão direita, justo a que estava escondendo a cicatriz, e foi puxando-o para a entrada da escola.

Cacá suava frio; suas pernas tinham dificuldade em prosseguir; o coração disparara.

– Ei, Cacá, relaxe! Ela é só uma garota.

– *Só?*

– O quê? – perguntou Paulinha.

– N... Nada, nada.

– E gosta de você, pelo visto.

– É?

– O quê? – tornou a questionar a garota.

– Olha, eu vou embora, para não atrapalhar vocês. Até daqui a pouco – dito isso, Mil, que os acompanhava, sumiu de repente.

– Você está bem, Cacá?

– S... Sim, desculpa, estava... pensando alto.

– Hum... Pensando em quê?

– Em nada.

– Como se pensa no nada, se até o pensamento é alguma coisa?

Cacá riu. Ela também.

– Tem razão.

– Como foi o seu fim de semana?

– Bom, muito bom. Vi o novo filme do Homem-Aranha.

– Ai! Viu? Puxa, eu queria tanto ter visto! Mas o pessoal ficou enrolando, enrolando. Você devia ter me chamado.

– É?

– Claro, ué!

– Ah, chegamos! – suspirou ele, em frente à sala do sétimo ano, aliviado por poder mudar de assunto.

Enquanto Cacá estudava, Mil foi dar uma volta pela cidade. Acabou parando na rua onde Cacá morava, mas não em frente à sua casa. Ficou observando um sobradinho amarelo na esquina, com aparência de ter sido reformado recentemente. Mil o achou muito bonito. De quem seria?

Então ele notou um gato sentado em uma das janelas do primeiro andar – ou melhor, uma gata. Era branca, bem peluda e tinha um lacinho rosa em torno do pescoço. Ela o encarava curiosamente, balançando a cauda. Ficou mais curiosa ainda ao ver um carro quase atropelando o garoto – que saiu bem a tempo –, como se o motorista não pudesse vê-lo.

Mil teve uma ideia, uma travessura inocente: transformou-se num gato e foi se sentar junto à gata.

– Olá, gatinha – miou ele.

– Olá, gatão – miou ela. – Você é um amigo invisível, não é?

– Ora – miou ele, surpreso –, como você sabe sobre os amigos invisíveis?

– A mãe da mãe da mãe da minha mãe morava com um garoto que tinha um.

– Ah, sim! Mas eu não sou tão velho assim. Considerando o longo tempo que a AMAI existe, eu ainda sou novinho.

– E muito bonitinho, mie-se de passagem.

Continuaram a conversa durante algum tempo, até que a dona do sobradinho se aproximou e o enxotou (quando um amigo invisível se transforma num animal, todos passam a vê-lo).

– Vamos, Fifi. Não se misture com esses gatos de rua, pode pegar pulgas ou doenças. O seu leitinho está na tigela. Se você tomar tudo, prometo dar um pouquinho ao seu novo amigo, mas ele vai ter de beber aqui fora.

Quando a mulher foi procurar o gatinho, com a tigela na mão, Mil já havia voltado à forma humana e dado o fora dali.

A última aula era a predileta de Cacá: história, com o professor Edmundo. Eles estavam estudando a história da cidade.

Lua Nova fora fundada há cerca de um século, mas só deixara de ser uma vila há pouco mais de 50 anos, quando obteve um significativo desenvolvimento graças à exploração de jazidas de galena – minério de chumbo – descobertas na região.

O professor Edmundo planejara um trabalho: era a respeito da cidade, claro. Os alunos deveriam escolher algum aspecto da vida cotidiana e fazer uma comparação em dois tempos: nos primeiros anos da cidade e nos dias de hoje. Ele passou referências de romancistas e historiadores que tinham escrito sobre o local; recomendou consultas aos *sites* da prefeitura e do IBGE, para coletar dados atuais; e sugeriu uma entrevista com os pais ou outros familiares, para obter depoimentos de cidadãos lua-novenses de outras gerações. Quem sabe não descobriam, em suas casas, velhos álbuns de fotografias, revistas antigas e outros documentos?

Esse trabalho deveria ser em grupos de quatro componentes, mas...

– Um poderá ficar com três, já que... – lançou um olhar indagativo para Cacá, que abaixou a cabeça – ... o Cacá sempre faz os dele sozinho.

— Não é nada! – bradou Mil, aparecendo repentinamente em cima da mesinha do garoto. – Diz pra ele que, da sua parte, não há problemas em trabalhar em grupo. – Ele tinha em mãos o seu amigoscópio e, se Cacá não ficasse tão assustado com a sua aparição, teria visto, na telinha do objeto, uma imagem em tempo real de toda aquela sala, captada de algum lugar do teto.

— Bem, professor... da minha parte, não há problemas em trabalhar em grupo – repetiu ele automaticamente.

— É isso aí! – exclamou Mil.

— Ótimo! – concordou o professor, muito feliz por ver o seu melhor aluno, finalmente, se enturmando.

— Então vamos ao sorteio.

— Ei, eu tive uma ideia! – exclamou Paulinha, enquanto andavam de volta para casa.

Pelo sorteio, o grupo de Cacá foi: ele, a Paulinha, o Beto e o Bila.

— Qual é? – perguntou Cacá.

— Poderíamos falar sobre a exploração de minérios, que antes era tão intensa, mas agora está bastante reduzida. E poderíamos usar a Fábrica como exemplo ilustrativo. Tirar umas fotos de lá.

— *What*[7]?! A sede do *club*?! – retrucou Beto, gritando.

"Fábrica" era como o povo da cidade chamava uma suntuosa construção, na periferia, onde funcionava antigamente uma mineradora, falida há dez anos. O prédio deveria ter sido restaurado pela prefeitura, mas até agora nenhum prefeito tinha dado atenção a ele. Daí, foi *tombado* pelos jovens como sede do Clube dos Covinhas.

— O que tem de mais?

— *Many things*[8]! Primeiro porque não devemos expor imagens da nossa sede aos outros.

— Concordo – apoiou Bila. – Não se esqueça que muitos lá na sala, como o Ítalo e o Dinael, são do Clube dos Penetras, do nono ano, nossos rivais em todas as competições do colégio.

— Que paranóia, a de vocês dois, hein?! Até parece que existem tesouros escondidos lá dentro. Não há nada que ninguém não possa ver. Além do mais, nós só ocupamos uma parte do lugar. Podemos mostrar as outras coisas.

— Epa! Mas tem outra coisa – insistiu Beto. – Ele – apontou para Cacá. – *He's not a member*[9]. Não pode entrar lá. Isso, sim, você terá de respeitar. Eu e o Bila, exercendo nossos cargos de *president and vice*[10], respectivamente, temos de zelar pelo cumprimento das *rules*[11]. Além do quê, se aliviarmos pro lado do Cacá, o pessoal vai se sentir no direito de levar não membros pra lá, e dará a maior *confusion*[12].

---

[7] O quê.
[8] Muitas coisas.
[9] Ele não é um membro.
[10] Presidente e vice (-presidente).
[11] Regras.
[12] Confusão.

— Eu tenho a solução! – exclamou Paulinha. – É só o Cacá virar um Covinha.

— O quê?! – disseram os garotos em uníssono.

— É o que vocês ouviram mesmo: o Cacá vai virar um Covinha.

O Clube dos Covinhas era um dos muitos clubinhos que existiam entre os jovens da cidade. De todos, era o mais antigo. Fora fundado pelo senhor Almir e pelo melhor amigo dele, o Covinha, quando tinham doze anos. No começo, só participavam garotos e garotas que tivessem covinha no queixo (os que não tinham, improvisavam uma com maquiagem, só para fazer parte do grupo); foi assim até todos os membros crescerem e deixarem o clube de lado.

Beto o reabrira há cerca de um ano, ao ouvir uma história do tio Almir a respeito. Agora, o Clube dos Covinhas aceitava todos – e apenas – os que Beto queria.

— *That's impossible*[13]! – bradou Beto.

— É! – concordou Bila. – Não temos mais vagas.

— Rá, rá, rá! Até parece! O lugar é enorme e, se cabem nove, cabem dez. Além do mais, ele é seu primo, Roberto Carlos.

— Grun! – grunhiu Beto. Ele odiava ser chamado pelo nome verdadeiro, por causa das piadinhas envolvendo o cantor e rei da Jovem Guarda; até se fosse a Paulinha quem o fizesse. – Não sei, não... Paula.

— Ah, Betinho, deixa, vai! Por mim! – insistiu ela, fazendo vozinha de criança, unindo as mãos em súplica.

Beto corou. Ele não podia dizer não à sua querida Paulinha; porém, ao mesmo tempo, não queria o *nerd*[14] do primo na sua turma. A solução, então, surgiu.

— Mas cê sabe que, pra isso acontecer, ele tem de passar no *test*[15], não é?

— Rá! Ele não tem condições! – desdenhou Bila. – Todo cheio de problemas, de traumas, como ele é, vai endoidar de vez! – e

---

[13] Isto é impossível.
[14] Modo pejorativo de se referir a alunos muito inteligentes, mas com problemas para se enturmar.
[15] Teste.

Bila passou a unha em seu rosto, desenhando uma cicatriz tal qual a de Cacá.

Cacá, por sua vez, que ouvia toda a discussão *sobre ele* calado e assustado, às palavras de Bila, sentiu um nó na garganta e saiu correndo em direção à sua casa.

– Espera, Cacá – disse Paulinha, lançando um olhar de ódio para Bila, mas ele não parou nem respondeu.

– Coax... E esse, agora? – perguntou o sapo Mil. – Não gostou? Hum... Já sei! E este? Ú, ú, ú, á, á, á! – tornou a perguntar o macaco Mil, girando e batendo palmas. – Não?! Ah, mas este você vai curtir – e transformou-se num ornitorrinco, arrancando, finalmente, muitas risadas de Cacá.

Era noite, eles estavam no quarto do garoto. Desde o episódio na saída da escola Cacá estava triste, falando pouco. Mal comera, para a aflição de vó Lolinha e Nini. A muito custo,

Mil conseguiu que ele desabafasse, sobre o ocorrido e sobre muitas coisas, como a raiva da sua cicatriz. Após alguns conselhos de amigo, ele se acalmara, mas continuou triste. Mil, para alegrá-lo, estava há quase uma hora fazendo piruetas, caretas, imitações...

– Você é o ornitorrinco mais desengonçado que eu já vi, Mil. Rarará! Aliás, é o primeiro ornitorrinco que eu vejo! Rarará!

– Falando sozinho, *cousin*[16]? – Beto entrou repentinamente no quarto. O ornitorrinco Mil correu para dentro do sofá-cama.

– O que é desta vez, Beto?

– Ê, calma! Eu vim em *mission of peace*[17], O.K.? – sem pedir licença, largou-se sobre o sofá. O ornitorrinco Mil gemeu, mas Cacá disfarçou com um pequeno acesso de tosse. – Eu vim fazer uma pergunta – continuou Beto.

– Diz rápido, que eu quero voltar a ler – Cacá apanhou o livro que estava lendo, um sobre as sete maravilhas do mundo antigo, e o ergueu. – Algum exercício pra casa que você, milagrosamente, esteja fazendo?

– Engraçadinho... Esquece um pouco os estudos, *little genius*[18]. É sobre... sobre a... Paulinha.

Ambos coraram.

– Que... Que tem ela? – gaguejou Cacá.

– Cê... Cê gosta dela?

– Ué, é lógico! Ela é uma... uma grande amiga.

– Não! Não falo como amiga, mané. Falo como... como... como mulher, *do you get it*[19]? Pra namorar, saca?

– Não! – apressou-se em dizer Cacá.

– Mas cê não acha ela bonita?

– Muito... – deixou escapar ele, num tom de encantamento, mas logo procurou disfarçar: – Mas isso não significa que eu esteja a fim dela. Por acaso você fica a fim de qualquer par de olhos cor de mel?

---

[16] Primo.
[17] Missão de paz.
[18] Geniozinho.
[19] Você entende?

– Ah, mas aqueles olhinhos puxados dela são lindos, *aren't they*[20]? – Beto pulou na cama do primo (para alívio do, quase sufocado, ornitorrinco Mil). – E aquela boquinha rosada? – dizia ele, sonhador.

– E aqueles cabelos lindos, cheirosos? – disse Cacá, também sonhador.

– Aquela pele macia... – disse Beto, deitando ao lado do primo.

– Aquelas mãos delicadas... – lembrou Cacá.

– Aquela... – disseram em uníssono, surpreendendo-se.

Beto se levantou, enquanto Cacá limpava os óculos.

– Quer dizer então que você não é a fim dela – repetiu Beto, para certificar-se.

– Não! – reafirmou Cacá.

– Mas gosta muito dela... *como amiga*.

– É! Apenas como amiga. Amiga! – frisou ele, balançando a cabeça.

– Então aceita o *test* – disse o primo, e havia um tom de súplica na voz dele, para surpresa de Cacá. – Ela quer muito que cê entre pro *club*. Até me fez prometer convencer você – Beto parecia envergonhado. – O Bila foi um idiota falando aquilo. Nada a ver, nada a ver mesmo!

– Hum... Eu vou pensar – respondeu Cacá, olhando para o cobertor. – Eu prometo.

– Ah... Então tudo bem – disse ele, dirigindo-se rapidamente para a porta. – Ah... Amanhã cê dá uma resposta?

– Dou, sim.

– O.K.! Então, *good night, cousin*[21]! – e saiu apressado.

– Grrr... Tou pasmo! – disse Mil, ainda em forma de bicho, saindo do seu esconderijo e pulando em cima da cama, encarando Cacá e balançando a cabeça.

– Ai, ai! Boa noite, senhor ornitorrinco!

---
[20] Não são?
[21] Boa noite, primo.

CAPÍTULO 5

Sim ou não?

Terça-feira, depois da aula, o grupo, mais Mil, foi para a casa de Paulinha. Eles iriam almoçar lá e passar a tarde pesquisando para o trabalho. Cacá e a amiga já tinham passado na biblioteca do colégio e pego todos os livros que julgaram necessários. Em particular, Bila pediu desculpas pelo dia anterior. Fora isso, ninguém mais tocou no assunto dos Covinhas.

Paulinha morava no sobradinho amarelo da esquina da rua de Cacá. Ela também era de fora – do Espírito Santo – e tinha vindo para Lua Nova há cerca de um ano e meio, quando sua mãe foi transferida pelo banco em que trabalhava. Seus pais eram separados, e só via o pai nas férias, mas se falavam quase todos os dias por telefone ou internet.

– Mãiê, chegamos!

– Oi, oi, oi! Estava esperando por vocês – disse uma sorridente mulher quarentona, saindo da cozinha. Ela era bastante alta, um pouco rechonchuda e tinha os cabelos castanho-claros. Seu nome era Denize.

– Mãe, este é o Cacá.

– Prazer, senhora – cumprimentou o garoto.

– Que menino bonitinho! – brincou ela, dando-lhe um beijo estalado em cada bochecha. – Finalmente você veio nos visitar, Cacá! A Paulinha fala sempre de você.

Ele corou. A garota também.

– O Beto e o Bila você já conhece; já são de casa.

– Olá, tia! – cumprimentou Bila.

– *Hi*[22], tia! – cumprimentou Beto.

– E aí, Batman & Robin, dupla dinâmica – Cacá adorou a piada, mas os outros dois não curtiram tanto. – Nossa, que caras de mau! – e aproximou o rosto dos deles, falando em tom de cumplicidade. – Caras de quem deixa todas as menininhas apaixonadas – e deu uma piscadela; rapidamente, sorrisos de vaidade se abriram nos rostos dos garotos.

Cacá nunca conhecera uma pessoa de tão bom humor quanto dona Denize.

– Droga! Vou ter de esperar até o jantar – comentou Mil, enquanto os demais se acomodavam ao redor da mesa. Dona Denize se sentara à cabeceira; à sua esquerda, Paulinha e Cacá; do outro lado, Beto e Bila. Havia lasanha para o almoço.

– Miau, miau...

– Oh! Olá, Fifi! – Paulinha pegou a gatinha no colo. – Gente, essa é minha filhinha. Ela não é linda?

– Muito – respondeu Cacá, educado, coçando o cocuruto da bichana.

– Desde quando cê tem esse bicho, Paula? – perguntou Bila.

– Eu a encontrei nesse fim de semana, quando voltava da pracinha. Ela estava parada junto ao portão, como se quisesse entrar. Aí, a mamãe, que é a melhor mãe do mundo, me deixou ficar com ela.

– Melhor mãe do mundo, hein? Sei... Interesseira! – brincou dona Denize, dando um beijinho na filha. – Foi, sim. Mas não se esqueça do que eu disse: mais cedo ou mais tarde, o dono vai aparecer. Imaginem só se uma gata de rua ia aparecer toda limpinha e gordinha deste jeito?!

– Miau, miau...

– Ela parece estar com fome, Paulinha – comentou Cacá.

– Ah, claro! Esqueci de dar ração a ela. Com licença.

– Ei, isso me deu uma ideia! – gritou Mil.

– O quê? – perguntou Cacá, alto demais, surpreso.

---

[22] Oi.

– O quê? – perguntaram os demais.

Mas o amigo invisível já tinha deixado a sala. Cacá não entendera nada, mas resistiu à tentação de segui-lo, para não dar na vista.

Paulinha voltava da cozinha com uma tigela cheia de ração, quando um outro gato apareceu na sala.

– Ora, ora, você de novo? – falou dona Denize. – Deve estar apaixonado pela Fifi.

– Miau, miau...

– Quem é? – perguntou Paulinha.

– Um novo amigo da Fifi. Apareceu por aqui ontem.

– Miau, miau... – miou o gato.

Mas não foi isso o que Cacá ouviu, e sim "estou com fome". Ah, então aquele gato já era seu conhecido!

– Ele também parece faminto – comentou o garoto.

– Tem razão. Espere um pouco, gatinho – ela correu até a cozinha e voltou, rapidamente, com outra tigela na mão. – Pronto. Aqui está. Hum... Qual deve ser o seu nome?

– Mil – deixou escapar Cacá, recebendo um "miau" de reprovação (ou aprovação?).

– Mil?! Estranho, mas bonitinho. É, realmente ele tem cara de Mil.

– Ei, eu não quero comida de gato – bateu a pata o gato Mil.

– Não se preocupe, gatão. É cereal. Eu troquei hoje de manhã – miou a gata, dando uma piscadela.

– Gatinha – exclamou Mil –, você é demais!

– Obrigada. Mas chega de papo, coma.

– Miou e disse!

Cacá ficou estupefato com aquele diálogo. Ele conseguira entender o que os dois gatos diziam! Por quê? Ele estava doido para falar com Mil, mas aquela não era a hora apropriada.

Voltou sua atenção ao círculo de conversas da mesa.

– *Man*, que tédio! – exclamou Beto.

– Cê tirou as palavras da minha boca, cara – bocejou Bila.

Faltavam dez minutos para as cinco; eles estavam estudando desde as duas da tarde.

– Mas ainda falta muito – protestou Cacá.

– Ah, Cacá, os meninos têm razão – redarguiu Paulinha. – Já adiantamos bastante as coisas por hoje. Vamos encerrar. Além do mais, daqui a pouco começa o meu seriado favorito: *Arquivo X*. Você fica para assistir conosco?

– É claro! Eu sou louco por *Arquivo X*!

Arquivo X é um seriado de ficção norte-americano que relata as aventuras dos integrantes de uma seção homônima do FBI, responsável por investigar mistérios e acontecimentos inexplicáveis, como a existência de extraterrestres e de atividades paranormais. Cacá era fascinado por esse tipo de coisa.

A campainha tocou. Paulinha foi atender. Eram os outros integrantes do Clube dos Covinhas.

Os recém-chegados eram seis ao todo: três garotos e três garotas. Na ala masculina havia um garoto alto – o maior de todos – e curvado, de dentes pequenos e gestos lerdos: o Bactéria. À sua direita estava um menino cabeçudo: o Tipo-Assim. Junto às meninas, havia um garoto negro, alto e magricela: Jairinho.

Na ala feminina, havia uma garota baixinha, de pele muito clara e um monte de pintinhas no rosto: a Fabi. Também havia uma garota gordinha, loira, de nariz arrebitado: a Carol. E, por último, uma garota com traços orientais, de cabelos até os ombros: Thata.

Quando entraram na sala, encontraram um grupo de jovens espalhados pelos sofás e pelo chão.

O clube estava completo.

– *Hey, boys*! *Hey, girls*[23]! – cumprimentou Beto, batendo o polegar direito no meio do queixo e levando-o à frente em seguida. Era a saudação dos Covinhas.

---

[23] Ei, garotos! Ei, garotas!

– Alô! – cumprimentaram os outros, em uníssono, repetindo o gesto.

– Paulinha, querida – disse Jairinho, o mais palhaço de todos –, que espécie de anfitriã é você, que não oferece um lanchinho aos convidados? Tou morrendo de fome!

– Engraçadinho... O.K.! Vou preparar um suco e alguns sanduíches pra gente.

– Deixe que eu ajudo – disse Fabi.

– Eu também! – ofereceu-se Bactéria, só para ficar perto de Fabi, por quem era apaixonado, mas tinha vergonha de se declarar.

– Pô, vê se não contamina o rango, Bac – brincou Jairinho, e todos riram. – E vocês, senhora Thábata e senhor Abílio – disse, apontando para o casalzinho que se beijava no sofá –, vamos parar com isso, aí? Eu sou menor de idade, hein. Não posso ficar vendo essas cenas, não – todos riram de novo.

– Pô, Cacá, tipo assim, a Paulinha comentou que cê tá, tipo assim, querendo entrar pro clubinho. É verdade? – falou o Tipo--Assim.

Beto e o primo trocaram olhares.

– Puxa, que bom seria! – disse Carol. – Eu acho você genial, Cacá. O único que tem algo na cabeça, neste meio aqui.

Cacá não pôde deixar de enrubescer.

– Na certa cê só diz isso porque ele gosta de ler poesias também – comentou Beto.

– Isso mesmo! – afirmou Carol, que era louca por poemas.

– Epa, que injustiça! Pois eu vou mostrar agora, ao vivo e em cores, o meu dom pra poesia – Jairinho se levantou, e todos caíram na risada. – Esta se chama "Em Busca do Meu Amor", e é em homenagem a você, Carol, minha musa – ele se ajoelhou diante da menina e tomou sua mão esquerda:

Subi em um coqueiro
pra ver meu amor passar.
Meu amor não passou,
eu desci.

Todos caíram na gargalhada e começaram a aplaudir, enquanto Jairo se inclinava e jogava beijos para a plateia.

Cacá começou a achar que seria muito divertido fazer parte daquela turma.

– Olha o lanche! – anunciou Fabi, trazendo numa bandeja, junto com os companheiros, sanduíches e sucos.

– Eba! – exclamou Thata. – Chegou na hora certa!

– Qual o motivo de toda aquela algazarra que ouvimos? – perguntou Paulinha.

– O Jairinho estava nos mostrando os seus dotes de *poet*[24] – respondeu Beto, sorrindo para ela.

– Ah, e eu perdi essa! – exclamou Paulinha.

---
[24] Poeta.

– Não se preocupe, querida. Você será minha próxima musa – retrucou Jairinho lançando um beijo para ela.

– Mas, tipo assim, e aí, Cacá? – indagou o Tipo-Assim, cobrando uma resposta. – Tipo assim, cê tá ou não a fim de entrar pro Clube dos Covinhas?

Todos o fitaram. Ele levou a mão à cicatriz. Estava muito nervoso, sentiu o estômago embrulhar. De repente, o gato Mil pulou em seu colo e roçou a cabeça na barriga do garoto. Cacá baixou a mão e o acariciou. Beto lhe deu um cutucão:

– Desembucha, *man*!

Ao erguer a vista, seus olhos se encontraram com os de Paulinha. Ele anunciou:

– Eu... eu pensei bem e... acho que... eu topo.

Aplausos! Vivas! As meninas correram para abraçá-lo. Os meninos, exceto Beto e Bila, foram lhe dar tapinhas nas costas. O gato Mil miou contente.

Beto engoliu seu descontentamento. Aquilo significava que o primo ia estar sempre presente, e Beto já percebera quanto Paulinha estava balançada por Cacá. De fato, só dera o braço a torcer porque tinha quase certeza de que ele não aceitaria. Entretanto, com aquela atitude, passou a concordar com sua mãe: alguma coisa estava realmente acontecendo com Cacá; ele estava mudando.

Paulinha não terminava o abraço e volta e meia dava um beijinho na bochecha dele. Isso fez Beto sentir um ódio enorme pelo primo. Mas ele não deixaria o *little cousin*[25] roubar sua (futura) namorada. Iria acabar com ele definitivamente. Só não sabia como. Beto precisava de tempo.

Por sorte, a abertura de *Arquivo X* apareceu na tela.

– Vejam, começou! – disse Beto. – Hoje à noite, lá na Fábrica, anunciarei qual será o *test*.

Na telinha, o narrador anunciou:

– Episódio de hoje: Os mutantes de Platão.

---

[25] Priminho.

CAPÍTULO 6

Uma missão para Cacá

Oito e meia da noite. Cacá e Mil, após terem enfrentado um percurso penoso, cheio de ladeiras, com boa conversa, se depararam com a Fábrica.

O local era gigantesco e assombroso. A fachada estava suja de poeira e pelo limo do tempo e do abandono. O nome da mineradora se apagara por completo; fora substituído pelo grafite do Bactéria, onde se podia ler:

CLUBE DOS COVINHAS
ACESSO RESTRITO

E, mais abaixo, uma frase típica do Jairinho:

Bactéria de guarda!

A porta principal estava trancada. Eles então deram a volta e encontraram, na lateral direita, uma saída de emergência aberta. Ela dava acesso direto a um grande galpão onde antigamente ficava toda a parafernália. Alguns troços ainda estavam lá, enferrujados, contribuindo para o tom macabro do lugar.

O teto era alto, reclinado como o de um sótão, e nele havia um grande buraco. Essa abertura servia de escape para a fumaça de uma grande fogueira, acesa no meio de um círculo de pedras no centro do salão. A vantagem era que, como a Fábrica ficava um pouco afastada da cidade e de suas luzes, dava para ver muito mais estrelas.

E era exatamente o que Paulinha estava fazendo, deitada num banco longo, cantando baixinho. Fifi estava deitada na sua barriga; e Beto, sentado no chão, repousava a cabeça numa ponta do banco, enquanto Paulinha afagava seus cabelos. Ele também cantarolava.

Tipo-Assim e Jairinho, um pouco afastados, tocavam violão, acompanhados por Carol, que cantava, numa voz doce, *Malandragem*, do Cazuza e do Frejat:

Eu só peço a Deus
Um pouco de malandragem
Pois sou criança e não conheço a verdade
Eu sou poeta e não aprendi a amar

Bactéria estava em outro canto, com um bloco de papel apoiado nos joelhos, desenhando Fabi, que posava para ele. Por fim, o casalzinho Thata e Bila namorava num local mais escuro.

Cacá ficou maravilhado. Sempre lera muito nos livros a respeito dos clubinhos, mas era a primeira vez que entrava em um. E a impressão foi a melhor possível. Diante de toda a receptividade de antes, na casa de Paulinha, já se sentia um covinha. Mal sabia ele...

– Cacá! – exclamou Fabi, a primeira a notar sua chegada.
– O... Oi!

Tudo parou, todos olharam para ele e o cumprimentaram.

– *Well, well, well*[26]... Sente-se, *little cousin* – convidou Beto.

Cacá se aproximou da fogueira e se sentou ao lado de Carol.

– Este é o nosso *club. Did you like it?*[27]
– S... Sim. Legal.
– O.K., O.K. Se quiser entrar pra ele – e um sorriso malévolo começou a se esboçar em sua face. – Vai ter de fazer um *test*. E não adianta protestar – e virou-se para os outros, olhando especialmente para Paulinha. – Vocês tampouco.
– E que tipo de teste vai ser? – perguntou Thata.

---
[26] Bem, bem, bem.
[27] Você gostou dele?

– Já sei! Ele vai ter de provar do suco o-que-tiver! – exclamou o guloso Jairinho, às gargalhadas.

– O que é isso? – perguntou Cacá, curioso.

– Funciona assim: a gente vai na sua casa, abre a geladeira e põe no liquidificador um pouco de tudo o que tiver lá. De torta e comida congelada a *ketchup* e requeijão cremoso. Depois, você tem de beber tudo num gole só.

– Eca! – exclamou o garoto, com ânsia de vômito.

– Eca, digo eu – contestou Fabi. – Foi o que eu fiz – e ela fez uma careta ao se lembrar do episódio. – Passei uma semana com piriri.

Então todos começaram a relembrar seus testes, em meio a gargalhadas, caretas e expressões corporais, e virou uma algazarra geral.

– *Shut up, please*[28]! – berrou Beto. – *Hey, people, wait. WAIT*[29]! Este *test* vai ser um pouco diferente. Vai exigir – encarou o primo – *coragem*.

Cacá estremeceu.

– Você, Cacá, terá de nos trazer algo.

– Tipo assim o quê? – perguntou o Tipo-Assim.

– Um capacete. Daqueles que estão... nos vagões da mina.

– O quê?! – exclamaram os demais.

– Não, isso não – retrucou Carol.

– É! É extremamente arriscado. Nem os adultos entram lá – endossou Paulinha.

– Quietas! – impôs-se Beto. – Eu disse que não ia adiantar retrucar – agachou-se, ficando face a face com Cacá, que, por sua vez, se assustou com o contraste de sombra e luz no rosto do primo. – E então, *little cousin*? É corajoso o bastante para isto?

Cacá encarou um por um, demorando-se nos olhos de Paulinha...

– Não, Cacá!

... e nos de Mil, os quais lhe transmitiam segurança:

---

[28] Calem-se, por favor!
[29] Ei, gente, esperem. ESPEREM.

– Vai fundo, garotão. Eu vou ajudar você!
E decidiu:
– Eu aceito!

Mil e Cacá jogavam xadrez, no quarto. Já era cerca de onze horas da noite.

– Xeque! – anunciou Mil, enchendo a boca com dois biscoitos. – Eu estou ficando bom nisso!

– Psiu, Cacá – alguém chamou-o baixinho, batendo à janela.

Cacá a abriu e se deparou com Paulinha.

– Posso entrar? – perguntou ela.

– Cla... Cla... Claro – gaguejou ele. Seu coração começou a acelerar. A mão, mais uma vez, foi à cicatriz.

– Desculpe incomodá-lo a esta hora – disse Paulinha, saltando a janela.

– Deixa disso. Você não incomoda.

Paulinha sorriu, corada.

– Ei, você joga xadrez sozinho?

– Não. Com o meu amigo invisível – deixou escapar ele.

– Hum, hum... – pigarreou Mil, em sinal de reprovação.

– Ah, tá! – exclamou ela. – Nossa, o seu amigo ainda tá com você? Eu tinha uma aos nove anos, a Lisa, mas acabei esquecendo no Espírito Santo – ambos riram.

– Pois é – foi a coisa mais apropriada que ele encontrou para dizer.

Calaram-se novamente, observando o tabuleiro. Cacá tirou seu rei do xeque.

– Mas você dizia...

– Ah, claro! Sim, mais uma vez me desculpa por vir aqui a esta hora, mas eu precisava falar a sós com você – ela se sentou na cama, quase no colo de Mil, que saiu a tempo.

Cacá voltou para seu lugar, o coração batendo mais forte ainda. Desejou não estar vestindo seu pijama de listras azuis e brancas.

– Você foi muito corajoso, e eu sei que não vou conseguir fazê-lo desistir do teste. Você é tão cabeça-dura quanto o seu primo. Deve ser mal de família – Cacá não gostou da comparação, fez cara de nojo. – Então, antes de você cumprir a sua missão, eu queria lhe dar isto – ela retirou do pescoço um cordão no qual havia pendurado um pingente em forma de lua crescente. – Eu o comprei assim que cheguei a Lua Nova, há quase dois anos. Tive muita sorte com ele; o bastante para conhecer muita gente legal, como você, por exemplo – ela pôs o colar no pescoço do garoto. – Eu sei que você terá muita sorte também.

– O... O... Obrigado, Paulinha. Sinceramente, eu nem sei o que dizer.

– Não diga nada, apenas dê o melhor de si amanhã – ela se inclinou para dar um beijinho no rosto dele, bem na cicatriz; ele então resolveu se virar, para que a outra face fosse atingida, mas não foi rápido o bastante e, sem querer, o beijo acabou sendo na boca.

Os dois coraram muito.

– D... Desculpe – disse ele, cabisbaixo.

– Sem problemas, foi legal... – respondeu ela, sorrindo.

– Legal...

Calaram-se novamente. Paulinha mexeu uma peça, ergueu-se e se dirigiu à janela.

– Bem, já é tarde. Eu vou indo. Até amanhã. Beijinhos!

– Tchau! – despediu-se ele, tímido.

– Ah, a propósito... xeque-mate!

– Uau! Ela também é boa nisso! – disse Mil.

Cacá olhou de relance para o menino do espelho e teve a impressão de que ele estava flutuando.

CAPÍTULO 7

Na mina

Tia Berta estranhou quando o filho e o sobrinho afirmaram que, naquela manhã, ela não precisaria levá-los à escola; iriam a pé. Mesmo assim, não ligou muito, pois poderia se demorar mais em casa antes de ir para a loja.

Na esquina do sobradinho, encontraram Paulinha e Bila.

– *Hey*, Paulinha, *what are you doing here?*[30] Ficou combinado que só eu e o Bila é que íamos acompanhar o Cacá – disse Beto, louco para que ela fosse junto.

– É, Paulinha – falou Cacá, com vergonha dela depois do beijo da noite anterior. – Além do mais, hoje tem aula do Ed de novo. Alguém tem de estar lá pra qualquer eventualidade.

– E qual desculpa eu usaria para explicar onde vocês três estão? Se formos os quatro, será mais fácil. Eles vão achar que estamos preparando o trabalho e não ligarão para as nossas casas – retrucou ela.

– Ih! Bem pensado! Se a dona Odete receber mais uma reclamação da diretora sobre mim, eu tou ferrado! – exclamou Bila, sentindo um calafrio ao se lembrar da sua mãe quando ficava furiosa.

– Então *let's go*[31]. A mina fica a mais de uma hora de caminhada.

Durante todo o caminho, Cacá ficou pensando em como as garotas eram estranhas, muito estranhas mesmo.

---
[30] Ei, Paulinha, o que você está fazendo aqui?
[31] Vamos.

— Aqui estamos nós! – comentou Mil, ao chegarem.

A mina ficava na borda da reserva ambiental de Lua Nova, uma área enorme de mata atlântica. O local estava abandonado há anos. Dava a impressão de que iria desabar a qualquer momento. A entrada estava bloqueada por uma grade. Havia também uma placa de metal enferrujada com os dizeres:

NÃO ENTRE
Risco de Desabamento

— Aqui estamos nós – repetiu Bila (que não podia ouvir Mil), pendurando sua mochila no galho de uma árvore. Todos o imitaram.

— Cê se lembra do que fazer, não é, *cousin*?

— Sim: encontrar um capacete e trazê-lo para você.

– *Exactly*[32]! Nós o esperaremos bem aqui. *I promess*[33] – e Beto riu.

Cacá olhou para a mina e sentiu um frio na espinha.

– Eu trouxe uma lanterna, Cacá – disse Paulinha. – Você vai precisar de... Fifi, o que você faz por aqui?!

– Miau!

– Tava *blincando*, foi, minha fofinha? Gúti-gúti – dizia ela com voz boba. – Que danadinha!

– Deixa a sessão bicho de estimação pra depois, Paulinha – queixou-se Bila.

Cacá pegou a lanterna e foi andando em direção à entrada.

– Vamos, Cacá, não tenha medo! Eu estou contigo. Vai acabar mais rápido do que você imagina – incentivou-o Mil.

– Você não quer ir pegar isso pra mim, não? – perguntou ele baixinho, para os outros não escutarem.

– E você ia conseguir conviver com este logro?

– Não...

Cacá se espremeu por entre as grades e entrou. Algumas pedrinhas caíram-lhe no cocuruto. Ali não estava escuro, porém mais adiante a escuridão devorara tudo: paredes, teto, chão. Provavelmente devoraria sua lanterninha também.

Dez ansiosos passos depois, Cacá sentiu as pernas pesadas, presas ao chão; não conseguia se mover. Era o pânico. Sua boca secou, parecia que as paredes estavam se estreitando, a fim de amassá-lo. A vertigem era tão forte, que achou que ia desmaiar. Ou pior: morrer.

De repente, sentiu uma mão no ombro. Era Mil. Ele olhou para o amigo e, mesmo mal o enxergando, começou a se sentir melhor. O sufoco foi passando.

Mil ia à frente e encontrou os trilhos logo adiante. Cacá foi seguindo-o, com cuidado para não levar uma baita queda.

– Mil – sussurrava ele, de tempos em tempos, baixinho, para não chamar a atenção de quem (ou do que) habitasse por ali.

– Eu – respondia o amigo invisível.

---

[32] Exatamente.
[33] Eu prometo.

Entrementes, lá fora, Beto e Bila não pretendiam facilitar as coisas. Cinco minutos após Cacá ter entrado, eles correram até suas mochilas e tiraram de lá máscaras de monstros, lençóis brancos e outros apetrechos.

– Ei, vocês não vão fazer isso! – protestou Paulinha.

– Oh, *yeah*, vamos sim! – disse Beto, malévolo.

– Não vão, não!

– Pra nos impedir, você vai ter de entrar lá também – falou Bila. – É tão corajosa assim, Paulinha?

E os dois amigos correram para a mina.

– Voltem aqui! – gritou, em vão, Paulinha.

Ela não sabia o que fazer. Mas tinha de fazer algo. Andava para lá e para cá, roendo as unhas.

– Miau! – miou Fifi, de cima da árvore.

A garota a fitou. O olhar da gatinha era claro.

Paulinha também entrou.

Finalmente, um vagão!

Bem alto, por sinal. Depois de checar se estava travado, Cacá se apoiou em uma das rodas para escalá-lo. Antes de entrar, claro, checou todo o fundo, em busca de algum possível morador. Só encontrou pele de cobra, o que não lhe agradou; mas havia também um capacete; por isso entrou.

– Eu não disse que ia ser rápido? – disse Mil.

Ouviram passos. Havia neles algo de estranho. Eram arrastados e misturados com barulho de correntes.

Ouviram um gemido rouco.

Cacá sentiu a bexiga se afrouxar, mas conseguiu contraí-la a ponto de o estrago só ter sido umas gotinhas de xixi molhando a calça. Mordeu os lábios com força e desligou a luz da lanterna. Não sentia a presença de Mil ao seu lado, mas não iria gritar por ele. Não com aquilo por perto.

De repente, duas mãos gélidas pousaram em suas costas, enquanto, à sua frente, um monstro de chifres e verrugas botava a cara para dentro do vagão, grunhindo.

Cacá gritou tanto, que os cantos da boca pareciam prestes a romper-se. A velha mina estremeceu. O garoto se jogou para um canto, a fim de fugir daquelas criaturas, e permaneceu ali, encolhido o máximo possível.

Os monstros escalaram o vagão. Um deles entrou e foi em direção a Cacá, gemendo. O garoto chorava, desesperado. Quando a criatura tocou seus joelhos, Cacá começou a espernear, atingindo-a com força na barriga. O monstro foi lançado para trás e se chocou contra o outro, que estava prestes a entrar no vagão, jogando-o para fora. Esse, que era Bila, caiu sobre a trava, próxima aos trilhos. Mesmo enferrujada, o peso do garoto foi suficiente para movê-la.

O vagão começou a se deslocar, pois estava em um plano inclinado. Bila tentou levantar-se e segurá-lo, mas o vagão era extremamente pesado, levando-o junto, no seu embalo.

– *Goddamned*! – exclamou Beto.

O vagão, com considerável velocidade, descarrilou numa

parte onde não havia mais trilhos e colidiu com toda a força com uma parede da mina, despejando os passageiros. Então todo o lugar começou a tremer e a desmoronar. Os garotos levaram as mãos à cabeça para se proteger das pedras. Após um minuto de tensão... Silêncio. O desabamento cessara.

– Ai! – gemeu Bila.
– Bila? – chamou Cacá.
– Eu.
– Então eram vocês? – questionou o garoto, indignado.
– Minha lanterna sumiu – disse Beto. – Cadê a sua, Cacá?
– Tá aqui – o garoto tirou-a do bolso e acendeu-a. Conseguiu ver os dois, mas não o amigo invisível. – Mil?
– Quê? – perguntaram os outros.
Mil não estava por ali.
– Vamos voltar – disse Beto.
– Mas... – titubeou Cacá, preocupado com o amigo invisível.
Beto e Bila, porém, já haviam se posto atrás dele.
– Bora! – disse Bila, tocando-lhe o ombro.
Cacá foi andando lentamente.
Mais à frente, avistaram um outro foco de luz vindo em sua direção. Era Paulinha.
– Estamos presos! – anunciou ela. – A entrada está bloqueada!
– Viu o que vocês fizeram?! – reclamou Cacá.
Beto e Bila gaguejaram em busca de algo a dizer, entretanto só uma coisa podia ser dita:
– Desculpe.
– Desculpe.
– Tudo bem. Não adianta chorar pelo leite derramado. Temos de pensar em uma saída.
– Isso! Temos de nos preparar pra viver embaixo da terra e sofrer mutações como aquelas criaturas daquele episódio do *Arquivo X*... – dizia Bila, angustiado.
– Não viaja, Bila! – cortou Beto.
– Ei, Cacá! – era Mil.
– Mil! Onde você estava? Estamos presos aqui.

– O quê? – perguntaram os demais.
– Tem certeza? – perguntou o amigo invisível.
– Absoluta.
– Cê não tá dizendo coisa com coisa, Cacá! – exclamou Bila.
– Eu não disse nada. Só pensei alto.
– Bom, eu ouvi barulho de água correndo – disse Mil. – Quem sabe encontramos um rio e ele nos leva a alguma saída?
– Será?
– Oh, *come on*![34] – disse Beto, batendo nas próprias coxas com força. – Sem essa, *boy*. Cê tá falando sozinho, sim. Não é a primeira vez que eu vejo isso. Até a *mom*[35] já viu. Ela acha que cê tá ficando *crazy*[36], e acho bom não estar, porque a última coisa que eu queria neste momento era ter um maluco ao meu lado – ao terminar de falar, Beto já segurava Cacá pela blusa, e seu rosto estava bem perto do dele. Dava para sentir seu hálito.
– Ei, solte ele, garoto! – gritou Mil.
– Me solta! – a voz de Cacá soou como um trovão, ele agarrou os pulsos do primo e afastou-o.
Paulinha e Bila exclamaram um "oh".
– Eu sei como tirar a gente daqui! – disse Cacá.
Beto estancou. A segurança do primo desconcertou-o.
– Cê tá blefando! – replicou Beto.
– Não! – cortou Cacá, firme; em seguida sussurrou para o amigo invisível: – Espero que você esteja certo, Mil.
– Eu também... – completou ele.
– Olha aí! Já tá falando sozi... – dizia Beto, quando foi interrompido.
– Acho que ouvi barulho de água corrente. Talvez haja um rio aqui. Se nós o seguirmos, quem sabe encontremos uma saída – explicou Cacá, reproduzindo o que Mil lhe contara.
– Acha? – frisou Bila, sem esperanças.
– É a nossa única opção, não é? – questionou Paulinha.

---

[34] Qual é!
[35] Mãe.
[36] Louco.

— Ou podemos ficar aqui e esperar que nos resgatem — propôs Beto, que, apesar de não o demonstrar, por dentro, se corroía de aflição.

— Mas isto vai demorar demais, cara! — disse Paulinha. — Até que nossos pais saibam onde estamos pode levar o dia inteiro! E eu quero sair logo daqui.

Beto ponderou alguns instantes.

— *Maybe you're right*[37] — disse ele. — Então, vamos?

— Sim! — disse Cacá.

— Sim! — repetiram os demais.

Fazia um calor infernal. Quanto mais o grupo adentrava, mais aumentava o calor. Mil ia à frente; logo em seguida, Cacá e Paulinha; por último, Beto e Bila. Eles passaram por vários vagões, mas, naquele momento, capacetes velhos não importavam mais.

Em alguns pontos, os trilhos se dividiam em dois ou três caminhos. Então, Mil ajoelhava-se e aproximava o ouvido do chão — Cacá o imitava, apesar de não conseguir escutar quase nada. Só então Mil indicava o caminho ao amigo, que, por sua vez, repassava a informação aos outros.

— Onde você aprendeu isso? — questionou Bila.

— Ah, com um amigo.

Em dado momento, eles seguiram por um caminho aparentemente inexplorado, já que não havia trilhos construídos, instalações no teto, máquinas ou outros sinais de presença humana. Na realidade, a abertura pela qual passaram, como bem reparou Mil, fora aberta há pouco; e dava acesso a uma caverna.

Para desespero de Paulinha, havia muitas aranhas, morcegos e outras espécies cavernícolas lá dentro. Mais de uma vez ela pulou nas costas de Cacá, apavorada. Então Beto e Bila, com pás velhas encontradas fortuitamente, espantavam os bichos.

O trajeto ia ficando cada vez mais estreito. Após meia hora de caminhada, depararam-se com uma passagem tão apertada,

---
[37] Talvez você esteja certa.

que foram obrigados a atravessá-la de lado. Mil foi o primeiro, e logo em seguida, Cacá. Do outro lado, encontraram um salão com o chão quase todo coberto de água, formando uma lagoa.

– Viva o Cacá! – exclamou Paulinha.

– Viva! – exclamaram os demais, contagiados.

Animados com a visão da água, só depois perceberam a majestade do lugar: enorme, oval, imponente. Seus olhos e suas lanternas foram subindo pelo paredão rochoso à sua frente até se deparar com o teto, de onde pendiam estalactites ameaçadoras. Uma infinidade. Algumas eram tão grandes, que distavam menos de um metro da água.

– Caramba! Parece que a gente entrou na boca de uma fera gigante – comentou Bila, assombrado.

– É mesmo... – comentou Paulinha, tendo a impressão de ouvir um urro.

– Cadê a saída? – indagou Beto, tirando os demais do transe.

De fato, eles não viram nenhuma abertura. Contudo, havia certa claridade no local.

Foi Mil quem desvendou o mistério.

– Ali, Cacá! – ele apontou para a água.

Realmente, a luz parecia brotar da lagoa.

– Provavelmente, neste paredão deve haver uma abertura – continuou o amigo invisível.

Cacá mal terminara de compartilhar isso com os outros, Beto foi tirando os tênis e a camisa.

– Vou investigar – disse. Queria mostrar serviço: ele se sentia culpado por tê-los metido naquela enrascada.

– Eu ia fazer isso – disse Mil. – Mas, já que ele tomou a iniciativa...

– Mas você vai pular assim, às cegas, Betão? Sem saber a profundidade? – perguntou Bila.

– Quem é o campeão juvenil de natação de Lua Nova, meu *brother*[38]? Paulinha, vire-se, por favor – e assim que a garota

---

[38] Irmão.

o fez, Beto tirou a calça e entrou no rio devagarinho. – Ui! Que gelada!

Todos ficaram a observá-lo. Quando a água alcançou o nível da cintura, Beto começou a nadar.

– Ai, meus pés estão me matando! – reclamou Paulinha, sentando-se no chão e tirando os tênis.

Bila a imitou.

Cacá estava apertado. Precisava esvaziar a bexiga. Olhou em volta, em busca de um lugar afastado de Paulinha, e enxergou um amontoado de pedras grandes no meio da margem, a alguns metros de onde estava. Andou discretamente em direção a elas. Ao se aproximar, o espanto com o que viu foi tamanho, que ele quase se esqueceu do xixi.

CAPÍTULO 8

O achado

Era como nas fotografias dos inúmeros livros que ele já lera ou simplesmente folheara. Definitivamente se tratava de um fóssil – só não sabia de que bicho. Um dinossauro? Uau!

Cacá tinha conhecimento de que existiam alguns sítios paleontológicos no Brasil – até planejava conhecê-los algum dia –, contudo nunca imaginara que poderia encontrar um! Incrível!

O achado era fantástico. Boa parte estava enterrada; entretanto era possível vislumbrar o túnel formado pelas costelas – sete de um lado e três de outro –, as duas pernas anteriores, parte de uma perna posterior e o crânio – este completamente na vertical, à mostra a partir das cavidades ópticas.

Cacá tocava no que seria o focinho da criatura quando Mil se aproximou.

– Mil, veja só! É um fóssil, Mil! Um fóssil de dinossauro, eu acho.

– É?

O amigo invisível circulou pelo local, observou as costelas, as pernas e o crânio.

– Acho... Acho que você tem razão, Cacá!

Cacá ria à toa.

– Eu fiz uma descoberta histórica, Mil!

– Fez! Parabéns!

Bila e Paulinha, ao ouvi-lo falar alto, se aproximaram.

– Que tá pegando? – disse o recém-chegado.

– Um fóssil, pessoal! Acho que de dinossauro! Vejam!

Eles ficaram uns instantes sem saber o que dizer, boquiabertos, andando em volta do achado e tocando-o.

– Isto são as costelas, né? – perguntou Paulinha.

– Não estou encontrando presas, Cacá! – comentou Mil.

– Olha, a ponta da cauda! – Bila acabara de encontrar mais um vestígio.

Tão surpresos estavam, que só notaram que Beto regressara quando ele, já vestido, mas ainda molhado, os chamou.

– *Guys*[39], eu...

– Beto, veja o que o Cacá achou! – exclamou Paulinha, explicando-lhe em seguida do que se tratava.

Depois das explicações, foi a vez de Beto dar as boas novas:

– Encontrei uma saída! Dá direto numa clareira. Vocês conseguem ficar cerca de vinte ou trinta segundos sem respirar? Vão precisar de fôlego.

Os demais se entreolharam, temerosos.

– É a nossa única saída! – lembrou-os Beto.

Sem outra solução, se dirigiram à água.

– E... E o fóssil? – indagou Cacá.

– Você consegue trazê-lo nas costas, *little cousin*? – ironizou Beto. Para ele, aquilo não deixava de ser interessante, mas de modo algum importava mais que chegar em casa.

– E... E se não conseguirmos encontrá-lo novamente? – questionou ele, baixinho.

– Eu farei um mapa, amigão! – disse-lhe Mil. Isto o convenceu.

– Eh... eu não nado muito bem – comentou Cacá com o amigo invisível, enquanto guardava os óculos no bolso da calça.

– Você vai conseguir – incentivou-o Mil.

– *Everybody follow me*[40]! – ordenou Beto. – Não há pedras nem outros obstáculos pelo caminho, mas vai ficando bem mais fundo

---
[39] Pessoal.
[40] Todo mundo me siga!

à medida que *we get closer of the rock*[41]. A fenda está logo abaixo da linha da água, e é grande o suficiente para passarmos.

Munidos dessas informações, partiram, de roupa e tudo. Logo atrás de Beto vinham Bila, Paulinha, Cacá e Mil – nessa ordem.

Nos primeiros cinco minutos, Cacá não aguentava mais bater os braços. Aos dez minutos, já no paredão, deveria ter parado, a fim de descansar, mas resolveu exigir um pouco mais do seu corpo. Mergulhou em direção à luz e entrou na abertura da rocha, que, de tão longa, parecia um grande cano. No meio do trajeto, sentiu uma forte dor na batata da perna esquerda: cãibra. Das fortes!

Cerrou os dentes o máximo que pôde, mas a dor fez com que abrisse a boca, e seu grito se transformou numa bolha. Aí começou a engolir água e a afundar, o que o deixou desesperado. O amigo invisível tentava ajudá-lo, empurrando-o para fora do túnel, mas não obtinha sucesso. O pânico tomou conta de Cacá. Ele se contorcia desesperadamente, lutando por sua vida.

Tudo à sua frente agora era um borrão escuro. Afundou definitivamente, praticamente deitando-se na parte inferior da abertura circular. Quando sentiu o último sopro de ar fugir-lhe dos pulmões, dedos seguraram o colarinho da sua blusa e começaram a puxá-lo. Era Beto.

À beira da inconsciência, ao emergir, Cacá respirou violentamente, enquanto tossia e cuspia água. Agarrou-se ao pescoço do primo com força. E começou a sufocá-lo. Beto não conseguia se desvencilhar.

Mil, Bila e Paulinha foram ao seu encontro e empurraram ambos para a parte mais rasa da lagoa que se formava fora da caverna.

Cacá se arrastou, com a ajuda do amigo invisível, até a margem e deitou no chão, transformando a terra abaixo de si em lama.

– Você está bem, Cacá? – perguntaram os demais.

Ele balançou a cabeça afirmativamente.

---
[41] Nós chegamos perto da rocha.

Demorou-se ali por quinze minutos. Como era bom estar de volta ao ar livre! Ao se erguer, encontrou os amigos trepados em árvores frutíferas. Mil lhe atirou uma manga aos pés. Ele se abaixou para apanhá-la e levou uma umbuzada de Paulinha no cocuruto.

— Ai!

— Ops! Foi mal, Cacá!

Beto estava na goiabeira. Cacá foi até lá.

— Muito obrigado, Beto. Você salvou minha vida!

O garoto apareceu de cabeça para baixo na frente de Cacá.

— Deixa disso, *little cousin*. De certa forma, eu tenho culpa no cartório. Se eu não tivesse sugerido este estúpido *test*, ou mesmo a ideia dos monstros, não estaríamos aqui agora.

— Mesmo assim, obrigado.

— Só aceito o obrigado se me prometer uma coisa.

— O quê?

— Que você vai começar a praticar algum esporte. Viu no que dá passar tanto tempo sentado, *mister intelectual*[42]? Mente sã em corpo são.

---

[42] Senhor intelectual.

Cacá assentiu, sorrindo.

Beto estendeu uma goiaba ao primo e, num impulso, ajeitou o corpo, sentando-se no galho da árvore.

– É melhor irmos pra casa logo – disse Bila. – Antes que escureça.

– Como encontraremos o caminho? – questionou Paulinha. – Você conseguiu ver alguma coisa do topo da árvore?

– Só mais árvores – respondeu o garoto.

Cacá se aproximou da árvore na qual Mil se encontrava.

– Tudo bem, amigão? – perguntou o amigo invisível.

– Hum, hum – fez uma pausa. – Mil, pra que lado fica a cidade?

– Deixe-me ver.

Um pombo ergueu voo da copa da mangueira. Retornou cinco minutos depois, quando Cacá prestava atenção nas discussões de Beto e Bila acerca do caminho para casa.

– Sudoeste. Temos uma longa caminhada pela frente. É melhor partirmos logo, para não ficar na floresta à noite – anunciou Mil, retomando a forma humana.

– Pessoal! Pessoal! – chamava Cacá. – Temos de ir pelo sudoeste.

– Como você sabe? – perguntou Beto.

– Pra que lado fica o sudoeste? – questionou Bila.

– Hã...

– O sol, Cacá! – disse-lhe Mil. – Diga-lhes que o sol sempre se põe no quintal da sua casa. Guiados por ele, vão chegar a Lua Nova.

Foi esta a explicação do garoto. Beto aceitou-a de bom grado.

– Pra que lado fica o sudoeste? – insistiu Bila.

– O que você anda fazendo durante as aulas de geografia, hein, Bila? Dormindo? Não se lembra dos pontos cardeais? O sol nasce no leste e se põe no oeste. O sudoeste fica entre o oeste e o sul – explicou-lhe Paulinha.

Em comum acordo, começaram a jornada de volta.

CAPÍTULO 9

E ao chegar em casa...

Andar pela mata fechada não é tarefa das mais fáceis. Em cada árvore, em cada moita, em cada passo pode-se ter uma surpresa desagradável. Mas o grupo não teve de enfrentar duas cobras venenosas que poderiam ter lhes atacado, pois Mil as espantou. Mesmo assim, a caminhada foi árdua, repleta de encostas íngremes – algumas perigosamente escorregadias. Durou inacreditáveis e cansativas cinco horas, no fim das quais eles estavam sujos e esfolados.

Por volta das três da tarde, ao dobrarem a esquina do sobrado amarelo, avistaram uma viatura policial em frente à casa de Beto e Cacá. Quando entraram, deram de cara com vó Lolinha, Nini, tia Berta, o senhor Almir, dona Denize e dona Odete, mãe do Bila, além do delegado Waldercy (um homem gordo, de rosto severo e pouco cabelo grisalho, que usava um terno amassado e mastigava um palito de dentes) e o resto dos Covinhas. Todos estavam bastante preocupados e correram para abraçá-los.

– Ai, ai, ai! Quer me matar do coração, minha menina? – perguntou dona Denize, aos prantos, sufocando Paulinha com um abraço apertado.

– Abílio! – gritou dona Odete, puxando a orelha do filho. – Você tem muito o que explicar, jovenzinho. E está de castigo por tempo indeterminado.

– Ô, meus netinhos! Que susto vocês me deram! – exclamou vó Lolinha, abraçando os garotos. Só mais tarde saberiam que fora ela quem contatara todos os ali presentes, após duas horas de espera pela chegada deles.

Nini estava agarrada a um terço e não parava de exclamar "louvado seja Nosso Senhor Jesus Cristo!"

– Bem, bem. Agora que estão de volta, posso saber que ideia maluca foi essa de entrar na mina? – questionou o delegado. – Homessa, vocês não viram a placa lá, não, guris? Vocês podiam ter morrido soterrados! – o homem retirou um lenço do bolso e enxugou a testa suada. – Ainda mais por causa de um teste...

Os recém-chegados olharam para o resto da turma, como a inquirir quem havia contado, mas todos estavam de cabeça abaixada.

– Em vista disso, decreto que o Clube dos Covinhas está fechado – finalizou o delegado, mudando o palito de dentes da direita para a esquerda.

– Mas... Mas...

– O senhor não pode fazer isso!

– É injustiça!

– Chega! Não adianta chiar! Está fechado até segunda ordem. Para o bem de vocês.

– Mas, graças ao Clube dos Covinhas, a gente encontrou um fóssil de dinossauro – soltou Cacá, e todos o encararam estupefatos. – É isso mesmo! Há um caminho na mina que dá numa caverna, e nessa caverna tem uma lagoa. Na margem dessa lagoa, meio enterrado, meio descoberto, está o fóssil!

– Homessa, deixe de baboseiras, guri! – retrucou o delegado.

– Mas é a pura verdade! Na certa ninguém nunca conseguiu encontrá-lo antes porque a entrada para a caverna foi aberta recentemente.

O delegado titubeou.

– E como vocês conseguiram sair de lá? – perguntou Jairinho.

– A gente teve de mergulhar por uma abertura no paredão da caverna. Então desembocamos numa clareira e, graças ao Cacá, que se lembrou que o sol se punha no quintal da nossa casa, conseguimos nos guiar até aqui.

– Que menino inteligente! – exclamou dona Denize.

Cacá corou e agradeceu a Mil com um sorriso.

– Louvado seja Deus! – clamou Nini.

– Bem, bem, a descoberta de vocês precisa ser investigada urgentemente – disse o delegado, já louco para sair dali. Se fosse verdade, aquele achado iria pô-lo na capa de todas as revistas e jornais e nas TVs do mundo inteiro! – É preciso avisar a imprensa e os especialistas sobre essa minha descoberta.

– *Nossa* descoberta! – corrigiu-o Paulinha.

– Eh! Sim, sim. Bem, como todos estão sãos e salvos, eu vou indo. Adeusinho! Rorrorô.

– Babaca! – xingou Bila.

– Mais respeito, menino! – ralhou dona Odete. – Vamos pra casa. – Virou-se para os outros: – Com sua licença. Boa tarde.

– Acho melhor todos irmos, não é, tios? Já está tarde – disse dona Denize para os jovens. Ela ainda sufocava Paulinha com seu abraço forte.

Quando todos foram embora, os adultos da casa se aproximaram de Cacá e Beto, exigindo explicações, e eles foram obrigados a relatar tudo novamente.

A travessura rendeu a Cacá um pequeno castigo da cozinheira – duas semanas sem comer torta salgada –; ele adorou aquilo, mas não sabia dizer por quê.

Quinta-feira.

– Droga, Mil! O delegado Waldercy está roubando toda a nossa descoberta – reclamou Cacá, desligando a TV.

O jornal local das 19 horas acabava de mostrar cenas do local onde ele encontrara o fóssil, que, aliás, se tratava de uma preguiça-gigante. Estava cheio de repórteres, paleontólogos, espeleólogos e outros especialistas; entre eles, o velho delegado, vangloriando-se pela *sua* descoberta, feita ao cuidar de um caso de desaparecimento de jovens.

– Me arrependo de ter dado o mapa a ele – desabafou Cacá.

– Não se preocupe. Amanhã de manhã ele vai esclarecer tudo direitinho! – disse Mil, olhando para o teto, com um sorriso meio bobo.

– O que você vai fazer? – perguntou Cacá, esboçando um sorriso também.

– Aguarde, meu bom amigo. Quem viver, verá!

– Nossa! Quanto mistério!

– Confie em mim.

– Certo.

Ficaram em silêncio. Cacá acariciou o pingente, presente de Paulinha.

– Por que você não diz logo o que sente para a Paulinha? – perguntou Mil.

Cacá enrubesceu e ficou sério.

– Dizer o quê? Não tenho nada pra dizer! Ela é só minha amiga, tá? – tratou de explicar bem depressa. – Além disso, ela é tão bonita! Pode escolher qualquer garoto. O Beto, por exemplo, é louco por ela. E eu, eu tenho essa cicatriz bizarra – o menino do espelho lhe acenou. – Como ela ia querer um namorado assim?

– Eu sei que não adianta falar que a sua cicatriz não é nada de mais, apesar de eu achar que você a distorce; é uma linhazinha tão tênue e razoavelmente perceptível. Mas você já perguntou pra Paulinha o que ela acha de um namorado "assim"?

– N... Não.

– E então? Como pode saber o que se passa na cabeça dela?

– Eh...

Ficaram em silêncio.

– Obrigado, Mil – disse Cacá.

– Pelo quê?

– Ora, por tudo! Estes foram os melhores dias da minha vida. Graças a você.

– Na-na-ni-na-não! Foi graças a você mesmo, Cacá – disse Mil, batendo a ponta do indicador no tórax do garoto. – Se você não quisesse, eu não poderia ajudar em nada. E é só continuar querendo, que todos os dias da sua vida serão como esses.

– Pena que você tenha de ir embora.

– Pois é! Eu preciso voltar para a AMAI. Deve ter muita gente precisando da minha ajuda.

– Mas nunca mais você vai voltar?

– Claro que vou! Sempre que eu puder, eu aparecerei aqui. Daí a gente vai jogar xadrez, tomar sorvete na pracinha, comer o bolo de brigadeiro e a torta salgada da Nini, passear... Um monte de coisas! E vai ser assim até você se tornar um adulto atarefado e, como todos os outros, esquecer-se dos amigos invisíveis.

– Ora, Mil! Eu nunca esquecerei você!

– ... Aí, já no fim da aula, a coordenadora veio nos dizer que o auditório estava cheio de repórteres – o radiante Cacá fez uma pausa no seu relato para o amigo invisível. – Lá, começaram a fazer um monte de perguntas pra mim, pra Paulinha, pro Beto e pro Bila. E na semana que vem a gente tem um monte de entrevistas marcadas, e iremos voltar lá na mina com os mais famosos especialistas do Brasil! Vai ser muito legal! Lua Nova é notícia nos quatro cantos do mundo! E eu, que sempre quis ser historiador, pelo visto, já comecei minha carreira! – fez outra pausa. – Agora me diz como você conseguiu isso.

– Um mágico nunca revela seus segredos.

– Ih! Sim, sim, *Mister M* (e o apelido até que pegou bem). Deixa de doce, conta logo, vai.

– Imagine o que aconteceria se você fosse acordado no meio da noite por uma onça falante, e esta mandasse você contar toda a verdade sobre a recente descoberta em Lua Nova.

O abdômen de Cacá doeu de tanto riso.

CAPÍTULO 10

A festa de aniversário

Cacá acordou, mas não quis abrir os olhos imediatamente. Contudo, sentiu a presença de gente ali e, ao abri-los, tomou um baita susto com o alto "parabéns" que ouviu.

Estavam ali o senhor Almir, vó Lolinha, Nini, Beto, Paulinha, Bila, Fabi, Carol, Bactéria, Thata, Tipo-Assim, Jairinho e Mil.

Era sábado, era o aniversário de Cacá.

Ele deu um abraço apertado no pai e depois agradeceu aos demais, emocionado.

– *Hey, people, get out, please*[43]. O meu *big cousin*[44] tem de se vestir pro *birthday*[45] dele, ora bolas! – disse Beto, e todos, menos ele, saíram.

– Puxa! Obrigado, Beto!

– Cê não viu nada ainda – ele jogou uma bermuda e uma camiseta para Cacá. – *Let's go*!

Quando saíram do quarto, Cacá não viu mais ninguém na casa. Mas Beto o conduzia à rua... onde estava todo mundo! A rua fora fechada para a festa de aniversário de Cacá, e todos os alunos da sua escola haviam sido convidados.

– Tivemos todos de virar a madrugada ajeitando tudo, mas *I hope you enjoy it*![46]

---

[43] Ei, pessoal, saiam, por favor.
[44] Primão.
[45] Aniversário.
[46] Eu espero que você a aprecie!

Em frente ao portão, o delegado e todos os covinhas estavam numa fila, como se fossem soldados.

– Atenção! – bradou o delegado. – Saudação covinha para o novo membro!

E todos bateram o polegar no queixo e o estenderam para a frente.

– Uau! Quer dizer que o clubinho foi reaberto? – perguntou Cacá.

– É isso aí, filho! – disse o delegado.

Mil lançou-lhe um olhar de cumplicidade.

– E graças a você! – exclamou Paulinha, correndo até ele e enchendo-lhe as bochechas de estalados beijos.

Cacá corou com o "huuuuuum..." que os outros fizeram. Olhou para Beto e viu que o primo sorria. Nos últimos dias, Beto parecia estar começando a aceitar que Paulinha gostava de Cacá, e não dele. O *upgrade*[47] na sua popularidade, como ele dizia, graças ao fato de ser um dos descobridores do fóssil de Lua Nova – aliás, o "mais gato", segundo a maioria das meninas do colégio – estava ajudando bastante.

– Agora, todos a postos – berrou o senhor Almir, pondo-se ao lado do filho e dando-lhe um abraço. – A festa vai começar!

---

[47] Aumento.

— Eu não disse que o pingente lhe traria sorte? – disse Paulinha.

Eles estavam na lateral da casa do garoto, onde ficava sua janela. Ali era o lugar mais reservado.

— É verdade! Eu tive muita sorte de ter amigos tão legais e que gostam tanto de mim – disse Cacá. – Especialmente você...

Silêncio. Ele levou a mão à cicatriz.

— Cacá...

— Paulinha...

Chamaram-se ao mesmo tempo.

— Fala você – disse ele.

— Não, fala você.

— Diz você, moça.

— Diz você, bobo.

— Eu... Eu queria perguntar se... você, por acaso, não está ficando ou namorando ninguém... está? – parecia que Cacá sentia uma enorme dor ao abrir a boca para falar.

— Eu? Estou sim.

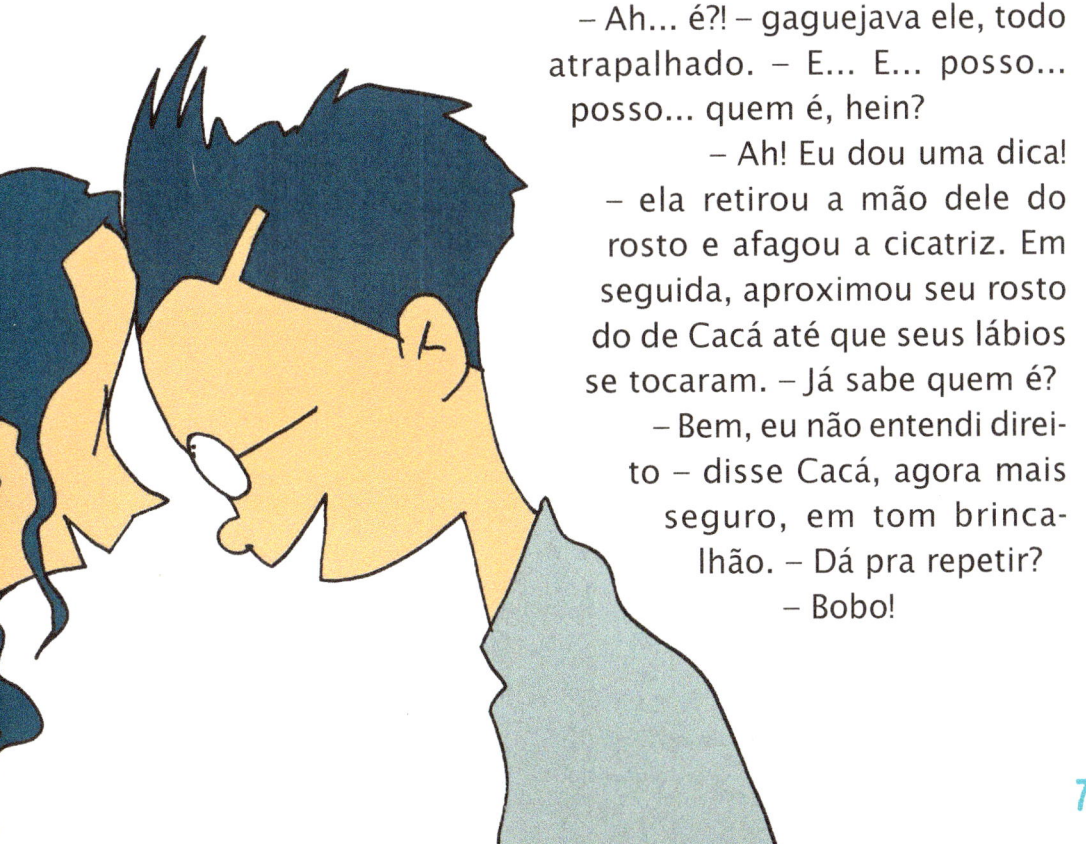

— Ah... é?! – gaguejava ele, todo atrapalhado. – E... E... posso... posso... quem é, hein?

— Ah! Eu dou uma dica! – ela retirou a mão dele do rosto e afagou a cicatriz. Em seguida, aproximou seu rosto do de Cacá até que seus lábios se tocaram. – Já sabe quem é?

— Bem, eu não entendi direito – disse Cacá, agora mais seguro, em tom brincalhão. – Dá pra repetir?

— Bobo!

Mil observava a festa do telhado. Sorria, feliz, vendo Cacá e Beto dançando animadamente ao lado de Paulinha e uma outra garota.

A gata Fifi apareceu ao seu lado.

– Olá, gatão!

– Olá, Fifi! – cumprimentou o amigo invisível, fazendo cócegas no queixo da bichana. – Que gatinha inteligente, você é! A sua dona mal pôde acreditar quando chegou em casa e a encontrou. Durante todo o trajeto pela floresta, ela não parava de se lamentar por perder você.

O animal começou a se transformar na nossa conhecida amiga da AMAI.

– Seis! – exclamou Mil, boquiaberto.

Ela sorriu.

– Er... Era você o tempo todo?! – perguntou Mil, lembrando-se das vezes em que conversara com a gata Fifi. – Mas é claro! Como eu não imaginei isso? Mas... Como conseguiu? Por quê?

– Foi o Um que me deu permissão. Eu pedi a ele para acompanhar você de perto, apenas observando. E insisti tanto, que ele acabou cedendo.

– Ora, sua... – e tornou a abraçá-la. – Você me enganou direitinho!

– E, como eu previ, você se saiu superbem. Conseguiu fazer uma coisa muito importante aqui, nesta cidade: provar como a amizade é a solução para todos os nossos problemas – Seis apontou para Cacá, que continuava a dançar ao redor dos amigos.

– Eh! Você tem razão! – disse ele, orgulhoso de si próprio.

– E sem pagar nenhum mico!

Ambos riram.

– E então? O que achou de ser um membro da Lista?

– Deixe-me ver: tirando eu ter de esperar a Nini sair da cozinha para comer, ter me perdido numa mina e ter sido enganado por você... – enumerava ele, brincalhão –, não vejo a hora de receber minha próxima missão!

– Ei! Isso quer dizer: nada de férias? – retrucou Seis.

— Minha querida — ele passou um braço em torno dela —, nós estamos sempre de férias!

Eles se abraçaram forte e colaram seus rostos um no outro, cada um sentindo a respiração ofegante do outro.

Por volta das cinco, a festa chegou ao fim. Todos haviam se divertido muito, mas era hora de voltar pra casa.

Cacá, Mil e Seis, porém, foram direto para a Fábrica. Lá, ainda conversaram um pouco e não queriam se despedir, mas era preciso. Um balão da AMAI já esperava os amigos invisíveis.

— Adeus, amigo! — disse Mil, abraçando Cacá, que começou a chorar.

— Você vai mesmo voltar?

— Eu vou sempre estar vigiando você, amigão. Ah! Quase ia esquecendo o seu presente — ainda abraçando o garoto, Mil meteu a mão no bolso do peito e retirou dois papéis. — O Homem-Aranha ainda está em cartaz e tem alguém louco para assisti-lo, lembra?

Após as despedidas, os amigos invisíveis subiram no balão e partiram pela fenda do teto. Cacá correu para fora da Fábrica a tempo de avistá-lo, afastando-se rapidamente.

Ele fez a saudação covinha.

— *Amicitia omnia vincit!* — gritaram de longe Mil e Seis.

E quando o sol já se punha quase totalmente, e o céu estava pintado de laranja, e as nuvens, de vermelho, o balão desapareceu no horizonte.

Quem é
Breno Fernandes Pereira

Nasci em 1986, em Salvador, e desde cedo descobri que o que eu mais gosto de fazer é criar histórias. Comecei com meus bonecos, na varanda da casa dos meus avós, em Riacho de Santana, interior da Bahia, onde vivi 12 anos (hoje, moro em Salvador). Lá pelos 10 anos, resolvi transpor algumas dessas histórias para o papel. Gostei tanto que decidi ser escritor.

E lá estava eu, em busca de uma boa história sobre amigos invisíveis – eu tive um monte, e você? –, quando o Mil apareceu. Foi assim, do nada. Logo o visualizei, e também a Seis, a AMAI, o Cacá... Aí foi só escrever a história que surgia na minha cabeça. Não é uma tarefa muito fácil, ao menos para mim, mas é extremamente divertida.

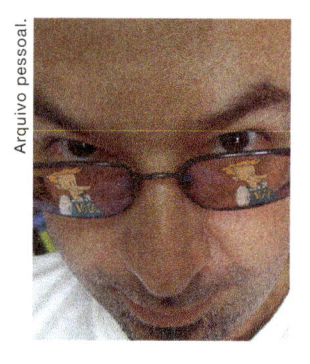

Quem é
Orlando

Quando eu era menino, os amigos invisíveis ainda não tinham número, mas, fazendo as contas, devo ter tido uns 200. Agora, com a internet, amigos invisíveis se comunicam muito mais rápido do que há 30, 40 anos e hoje já são mais de 3000.

As letras e os desenhos têm muito a ver um com o outro. Eles dependem da imaginação, assim como os amigos invisíveis. Sorvetes, bolos e tortas são só delícias. O que alimenta amigos invisíveis, escritores e ilustradores é a imaginação, o melhor manjar de todos.

Bom apetite!

Impresso no Parque Gráfico da Editora FTD
Avenida Antonio Bardella, 300
Fone: (0-XX-11) 3545-8600 e Fax: (0-XX-11) 2412-5375
07220-020 GUARULHOS (SP)

São Paulo - 2024

SUPLEMENTO DE LEITURA

MIL a primeira missão

Breno Fernandes Pereira

Nome do aluno: _____

_____ Ano: _____

Nome da escola: _____

1. Pensando em Cacá, assinale com V as afirmações verdadeiras e com F as falsas.

☐ Cacá sempre foi um menino tímido e nunca teve um amigo.

☐ Cacá foi um menino muito popular e descontraído, mas um acidente mudou seu jeito de ser.

☐ Na verdade, Cacá tinha sérios problemas psicológicos e fazia análise por ser louco.

☐ Cacá fazia análise para se conhecer melhor e entender porque mudara depois da perda de sua mãe.

☐ Cacá nem ligava para a cicatriz de seu rosto, até a achava bonitinha.

☐ Ele tinha muita vergonha da cicatriz em seu rosto e sempre tentava escondê-la.

---

6. Todos os personagens citados passaram por uma mudança radical de comportamento? Explique.

_____
_____
_____

7. Agora, avalie a postura dos personagens nas situações expostas no livro e escreva como você agiria se estivesse no lugar deles.

a) Quando Cacá hesita em aceitar o desafio para entrar no clube, Bila o satiriza dizendo que ele é traumatizado e imitando sua cicatriz. Como você agiria se fosse Cacá? Por quê?

_____
_____
_____

b) O delegado da cidade apresenta o fóssil da preguiça gigante como uma descoberta sua. Como você agiria se fosse o delegado? Por quê?

_____
_____
_____

c) Mil transforma-se em uma onça para ameaçar o delegado e fazê-lo contar a verdade. Como você agiria se fosse Mil? Por quê?

_____
_____
_____

8. Escreva em seu caderno uma nova aventura de Mil, em que ele seja amigo invisível de outra criança que precisa de ajuda.

Elaboração: Shirley Souza

2. Avalie as duas frases abaixo:

   I. A família era um dos apoios de Cacá.

   II. Alguns membros da família prejudicavam a recuperação de Cacá.

   a) Você considera que:

   ☐ As duas informações estão corretas.

   ☐ As duas informações estão incorretas.

   ☐ Apenas a primeira informação está correta.

   ☐ Apenas a segunda informação está correta.

   b) Justifique a sua resposta:
   _____
   _____
   _____

3. A cicatriz no rosto de Cacá podia ser solucionada por uma cirurgia plástica.

   a) Ele pretendia fazer essa cirurgia? Por quê?
   _____
   _____

   b) Qual é a sua opinião sobre isso?
   _____
   _____

4. Com a chegada de Mil, Cacá tornou-se um menino mais feliz e autoconfiante. Responda.

   a) Por que aconteceu a mudança citada na frase acima?
   _____

b) Você acha que nessa situação se aplica a mensagem dos amigos invisíveis: *"Amicitia Omnia Vincit"*? Por quê?
_____
_____
_____
_____

5. Numere a segunda e a terceira colunas de acordo com a primeira, relacionando os personagens a seus comportamentos.

Personagem	Comportamento inicial	Comportamento no final da aventura
1 Beto	☐ Não gostava de Cacá e não perdia uma oportunidade de mostrar seu desprezo por ele.	☐ Passou a admirar ainda mais Cacá e percebeu que estava apaixonada por ele.
2 Bila	☐ Ignorava Cacá e não o envolvia em nenhum programa.	☐ A história não conta se ela mudou seus sentimentos em relação a Cacá.
3 Paulinha	☐ Gostava de Cacá e tentava envolvê-lo nas atividades da turma.	☐ Passou a respeitar Cacá e até se desculpou por suas atitudes.
4 Tia Berta	☐ Desprezava Cacá e o ridicularizava na frente de outras pessoas.	☐ Tornou-se amigo de Cacá e passou a gostar dele.